ATTENTION !

Ceci est la dernière page du
neuvième volume de LADY AND BUTLER.
Pour lire le début de ce volume,
il faut retourner le livre.

Une petite explication vous donnera
le mode d'emploi du sens de lecture,
fidèle à l'original, de droite à gauche.

DU-
RANT
LA
PARA-
DE...
UN MO-MENT D'IN-TIMITÉ LEUR PER-MET DE...
JE VOUDRAIS PASSER UN MOMENT SEUL AVEC TOI.
TU VEUX BIEN ?
Serre
MAIS LE JOUR DE SES 17 ANS, LES CHOSES BOUGENT DANS LA FAMILLE DE HAKUÔ...
BEAUCOUP DE PERSON-NALITÉS SONT CONVIÉES...
C'EST LA PREMIÈRE ANNÉE QU'IL Y EN A AUTANT.
POURQUOI, PÈRE ?
EXPLIQUE-MOI...

NE MANQUEZ PAS LE VOLUME PROCHAIN !

Titre original japonais :
SHITSUJISAMA NO OKINIIRI, VOL. 9

Story construction : Fuyu Tsuyama

First published in Japan in 2010
by Hakusensha, Inc., Tokyo
French language translation rights in France
arranged with Hakusensha, Inc., Tokyo
through Tohan Corporation, Tokyo

French translation rights : Pika Édition
Traduction et adaptation : Anne Mallevay
Création de charte graphique : Gérard Nicolas

ISBN : 978-2-8116-0683-1
Dépôt légal : mai 2012
Achevé d'imprimer en France par
Hérissey/Qualibris à Évreux en mai 2012

POSTFACE

De nouveaux personnages entrent en scène et le rôle de Masaki Sendô prend de l'ampleur dans ce volume.

Comment avez-vous trouvé ça ? C'est un volume très varié...

À très bientôt !

MERCI BEAUCOUP !

À tous les lecteurs de ce manga, à mon éditeur, à Tsuyama, à ma famille qui me soutient, à tous ceux qui ont travaillé sur ce manga. Merci à tous ceux qui m'ont aidé et à ceux qui m'aident toujours !

Subaru Akino - Haruka Yusa - Pochi Takahashi - Nana Ginna - Hotaka- Seuri Toya- Okuyama - Kyo Yamaguchi -Miki Yamashita.

J'apprends beaucoup de vous tout en travaillant.

Si vous voulez nous écrire, envoyez vos lettres à notre éditeur français :

Pika Édition – Service éditorial
19 bis rue Louis-Pasteur
92100 Boulogne Billancourt

Vos lettres me réchauffent toujours le cœur. Elles me font du bien. Je vous en remercie vraiment ! Je vais continuer à travailler de toutes mes forces !

LES FRATRIES (2) : LES FRÈRES SENDÔ

Nous avons demandé à Masaki ce qu'il pense de son frère...

- Quel genre de personne est votre frère ?

Sérieux, opiniâtre et inflexible. Tiens, ça me rappelle quelqu'un...

- Êtes-vous en bons termes ?

On se dispute parfois.

- Aime-t-il, lui aussi, les chats ?

Il lui arrive de leur accorder trop d'importance et de chercher à les fuir.

- Quel est son atout ?

Quand il est ébranlé, ça se voit sur son visage. Ce n'est pas le cas de tout le monde.

SENDÔ (AÎNÉ)

TAILLE : 1,82 M
GROUPE SANGUIN : A

Doué pour : la manipulation, les coups d'œils rapides.

Pas doué pour : les imprévus.

Contrairement à Masaki qui préfère s'abstenir de surveiller Makoto à son insu, son grand frère est tout le temps en train de rôder, éliminant les problèmes les uns après les autres et tirant la couverture à lui quand c'est possible.

D'apparence bourrue, il peut se montrer aussi excessivement protecteur...

LES FRATRIES (I) : LES FRÈRES KUJÔ

KÔICHIRÔ KUJÔ

(KEITH WARDS, 3E ANNÉE)
TAILLE : 1,77 M
GROUPE SANGUIN : A

Doué pour : les sourires commerciaux, le sarcasme.

Pas doué pour : ne veut pas le dire (il déteste ce pour quoi il n'est pas doué).

C'est quelqu'un qui n'a pas d'arrière-pensées et qui donne sans compter quand c'est nécessaire.

Il est droit et ne ment pas. Il déteste l'à-peu-près. Adepte du sarcasme, il sait toutefois rester poli...

ITSURU KUJÔ

TAILLE 1,79 M
GROUPE SANGUIN : B

Doué pour : la drague (c'est son hobby).

Pas doué pour : les efforts.

C'est un être fondamentalement libre. Il pense que dans la plupart des domaines, il n'a pas besoin de faire d'efforts.

Ce qui lui importe le plus, c'est de s'amuser ! Comment peut-on être majordome avec une personnalité pareille ?

Il faudrait qu'il change un peu...

C'est un peu tard, maintenant qu'on le sait...

LES MAJORDOMES DE L'INSTITUT KEITH WARDS

Le siège de cette école a été fondé en Angleterre, ce qui implique que sa branche japonaise a bénéficié d'un apport de capitaux étrangers. Le Japon n'est donc pas le seul pays dans lequel on trouve ce genre d'instituts. L'histoire des écoles anglaises remonte à loin et recèle de nombreux mystères.

La branche japonaise étant assez récente, les élèves ont conscience d'être des "petits nouveaux" dans le milieu des majordomes, c'est pourquoi ils se montrent parfois très entreprenants, voire agressifs, quand il s'agit de se placer professionnellement. Mais bon, ce ne sont pas de mauvais bougres, ils font beaucoup d'efforts (même si lors de la soirée, certains d'entre eux font des choses pas très sympathiques...). Ils font néanmoins de leur mieux, malgré quelques faux pas.

Leur réapparition dépendra essentiellement de vous ! J'avoue que j'aimerais bien qu'ils reviennent !

Leurs uniformes

Comme vous l'avez constaté, il y a d'autres écoles de majordomes ! J'ai beaucoup travaillé sur leurs uniformes pour qu'ils soient différents de ceux que j'avais dessinés pour Sôseikan. Le résultat, c'est qu'il y a beaucoup de boutons ! Du coup, j'ai oublié d'en dessiner ici ou là...

Le rond blanc sur le col de leur veste n'est pas un bouton mais le badge de leur école.

Dans ce 9e volume, les majordomes de Keith Wards et les frères Kujô entrent en scène. Ça vous a plu ?

L'institut lui-même n'est pas décrit en détails dans l'histoire et je ne sais pas si je le dessinerai ou pas.

(Bref, je n'ai fait que l'imaginer pour l'instant...)

GUIDE DE L'ACADÉMIE SÔSEIKAN

À l'occasion de la soirée commune :
l'uniforme de l'Institut Keith Wards et les fratries

CHAPITRE 36 - FIN

ALORS ?
TON ÉVALUATION D'IKEBANA ?
HAKUÔ !
OOH... ENCORE UN ÉCHEC ?
MAIS NON ! J'AI RÉUSSI, CETTE FOIS !
EUH, KUSUNOKI ?
OUI...
TSOF
TU NE LUI DIRAS PAS ?
QU'EST-CE QU'IL Y A ?
FLIP
JE PEN-SAIS NE PAS POUVOIR LE FAIRE MAIS...

...
TU NE LUI DIRAS RIEN ?
EUH...
SI C'EST BIEN CE QUE TU RESSENS...
ET QUE TU NE LE LUI DIS PAS...
UN JOUR, IL PROFITERA DE SA LIBERTÉ...
HIMURA ?
Oh !
ET IL SERA TROP TARD.
Fritch

...
TU EN ES VRAIMENT SÛRE ?
TU NE TE DIS JAMAIS QUE TU AIMERAIS LUI PARLER OU LE VOIR PLUS ?
TU NE PEUX PAS T'AUTORISER À LUI DIRE NON PLUS ?
...
EN FAIT, JE T'EN-VIE...
HEIN ?
JE RÊVE D'ÊTRE COMME TOI...
ET DE POUVOIR DIRE CE QUE JE RESSENS À CELUI QUI OCCUPE MES PENSÉES...
MH ?
EUUUH...
JE N'AI JAMAIS DIT...
À HAKUÔ QUE JE L'AIMAIS...
PSSH
...

MH ?!
JE ME TROMPE ?
...
NON...
CES SENTIMENTS...
JE NE POURRAI JAMAIS LES EXPRIMER...
MAIS...
JE SUIS UNE KUSUNOKI...
MASAKI EST UN MAJORDOME.
CETTE RÉALITÉ...
NOUS EMPÊCHERA TOUJOURS D'ÊTRE ENSEMBLE.
HEIN ?
MAIS CE N'EST PAS GRAVE...
C'EST VRAI QU'IL EST DISTANT...
MAIS IL N'EST JAMAIS LOIN.
ÇA ME SUFFIT.

LE SALON...
CE SERAIT BIEN S'IL VENAIT VOIR NOS CRÉA-TIONS...
...
ENCORE...
DIS-MOI, KUSUNOKI...
PSSH
OUI ?
EST-CE QUE PAR HASARD...
TU NE SERAIS PAS...
AMOUREUSE...
DE SENDÔ ?
...

TIENS... ?
AAH ! C'EST GÉNIAL !
TU VAS POUVOIR PARTICIPER AU SALON AVEC TOUT LE MONDE !
OUI.
...
AU FAIT, FÉLICITATIONS POUR AVOIR ENFIN RÉUSSI TON BOUQUET !
HA HA HA !
MERCI !
SUCCÈS
...
SI MASAKI NE M'AVAIT PAS ENCOURAGÉE...
JE N'AURAIS PEUT-ÊTRE PAS RÉUSSI.
IL TROUVE TOUJOURS LES MOTS...
POUR ME MOTIVER...

ON A RÉALISÉ...
QU'ON VOULAIT FAIRE DE L'IKEBANA AVEC TOI.
...
MASAKI...
Tourne
JE COMPRENDS...
AMUSEZ-VOUS ET MONTREZ-LEUR CE DONT VOUS ÊTES CAPABLE AVEC LES FLEURS.
...
OH...

EUH...
JE SUIS DÉSOLÉE...
MAIS...
J'AI RETROUVÉ VOTRE LISTE.
SENDÔ ?
CELLE DU SALON...
...
...
JE SUIS DÉSOLÉE...
PARDON ?
TU AS FAIT BEAUCOUP D'EFFORTS...
ET JE NE LES AI PAS APPRÉCIÉS COMME IL FALLAIT.
NOUS AVONS DISCUTÉ TOUTES ENSEMBLE...
ET ON S'EST DEMANDÉ...
SI TU DEVAIS RESTER DANS LE CLUB OU LE QUITTER, ET...

SINON IL N'Y AURA PERSONNE POUR VOIR...
CE QUE TU ES CAPABLE DE FAIRE, MAKOTO.
C'EST POUR ÇA...
QUE TU NE DOIS PAS ÊTRE SEULE...
...
AH !
TaTaTap
KUSUNOKI !
POURQUOI TU ES PARTIE COMME ÇA ?!

...
JE NE PEUX PAS ACCEPTER CELA.
JE CROIS VOUS AVOIR DÉJÀ DIT...
Tchop
DE NE PAS FAIRE CE GENRE DE CHOSE TOUTE SEULE.
POURQUOI...
POURQUOI TU VEUX FAIRE ÇA SEULE ?
PARCE QUE COMME ÇA, PERSONNE NE POURRA RIEN ME DIRE.
SI...
TU N'ES PAS OBLIGÉ DE VENIR...

PUIS-JE SAVOIR CE QUE VOUS FAITES EXACTEMENT ?
...
MASAKI...
VOUS CHERCHEZ QUELQUE CHOSE ?
OUI...
MAIS ÇA VA...
JE VAIS LE TROUVER SEULE.
C'EST LE MOINS QUE JE PUISSE FAIRE.
COMME ÇA, J'ARRIVERAI PEUT-ÊTRE À ME FAIRE ACCEPTER...
C'EST POUR ÇA...
QUE JE VEUX LE FAIRE TOUTE SEULE.

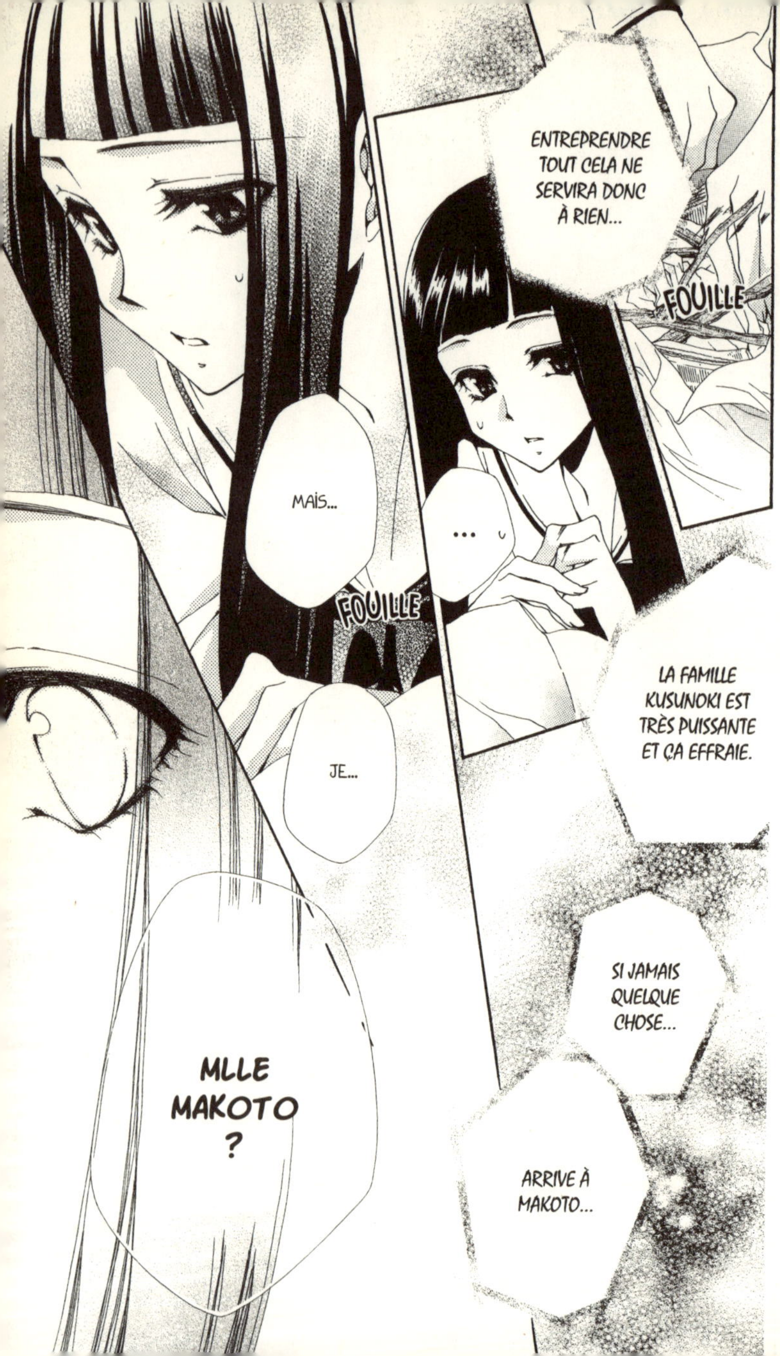
ENTREPRENDRE TOUT CELA NE SERVIRA DONC À RIEN...
FOUILLE
...
MAIS...
FOUILLE
LA FAMILLE KUSUNOKI EST TRÈS PUISSANTE ET ÇA EFFRAIE.
JE...
SI JAMAIS QUELQUE CHOSE...
ARRIVE À MAKOTO...
MLLE MAKOTO ?

UNE LISTE ?
Fritch
Fritch
OUI...
SI ON NE LA DONNE PAS AUJOURD'HUI, LE SALON NE POURRA PAS AVOIR LIEU.
ET SI...
ON A CHERCHÉ PARTOUT, SANS POUVOIR METTRE LA MAIN DESSUS...
HEIN ?
KUSUNOKI !
Dassh
FOUILLE
PEUT-ÊTRE QUE...
QUAND J'AI DÉBARRASSÉ HIER...
FOUILLE

...
JE VEUX ESSAYER...
PAR MOI-MÊME.
MÊME SI VOUS CHANGEZ, MLLE MAKOTO...
LES MEMBRES DE VOTRE FAMILLE, EUX, NE CHANGE-RONT PAS.
ENTRE-PRENDRE TOUT CELA NE SERVIRA DONC À RIEN.
...
GARAM
ELLE N'EST PAS LÀ NON PLUS ?
NON !
BON SANG, DIRE QUE C'EST LA LISTE DES PARTICIPANTS AU SALON !
ELLE A DÛ TOMBER QUELQUE PART...
Blah
Blah
...

CHEF, C'EST AUJOURD'HUI...
LA DATE LIMITE POUR S'INSCRIRE AU SALON, N'EST-CE PAS ?
...
ATTENDEZ...
NE SOYEZ PAS OBSÉDÉS PAR LA PUISSANCE DE LA FAMILLE DE MAKOTO...
FAISONS CE QUE NOUS DEVONS FAIRE AVEC NATUREL, C'EST TOUT...
TU HÉSITES ?
...
PARLONS-LEUR DE KUSUNOKI.
ON EST TOUTES DANS LE MÊME CAS...
C'EST VRAI.
VOYONS SI ON PEUT L'INTÉGRER EN TANT QUE MEMBRE DU CLUB OU PAS...
TSOOF
...
HEIN ?
ない。
Rien...

VOUS CROYEZ...
QU'ELLE NOUS A ENTEN-DUES ?!
BEN...
QU'EST-CE QUE VOUS AVEZ ?
AAAAAH... C'EST LA FIN DE TOUT, ÇA VA ÊTRE UN CAUCHEMAR...
EFFONDRÉES
OH LÀ LÀ...
ELLE POURRAIT OBTENIR DES ADMINISTRATEURS DU SALON QU'ILS FERMENT LE CLUB.
ÇA POURRAIT MÊME AVOIR DES RÉPERCUS-SIONS SUR LE TRAVAIL DE MON PÈRE !
L'HÉRITIÈRE KUSUNOKI PEUT TOUT À FAIT PROPOSER CE GENRE DE REQUÊTES...
!

LA CHEF...
A ENCORE DIT QU'ELLE PRÉFÉRERAIT QU'ELLE N'INTÈGRE PAS LE CLUB, NON ?
ET PUIS, CETTE PÉRIODE D'ESSAI ET TOUTES CES TÂCHES, C'EST...
JE SAIS, MAIS EN MÊME TEMPS, JE LA COMPRENDS...
LA FAMILLE KUSUNOKI EST TRÈS PUISSANTE ET ÇA EFFRAIE.
SI JAMAIS QUELQUE CHOSE ARRIVE À MAKOTO...
MH ?
VLAM
...

OUI.
C'EST KUSUNOKI QUI A FAIT ÇA ?
C'EST SUPERBE !
J'AIMERAIS POUVOIR FAIRE PAREIL...
CE SERAIT BIEN QU'ELLE PARTICIPE AU SALON DE LA SEMAINE PRO-CHAINE AVEC NOUS.
ELLE A ÉTÉ TELLEMENT TENACE POUR TOUS LES PETITS TRAVAUX...
...
MAIS...

KRAAK
BONNE IDÉE, JE VAIS T'AIDER !
ATTENDS, IL NE FAUT PAS TORDRE LES TIGES LIGNEUSES.
PARDON...
L'IKEBANA REPOSE SUR TROIS ÉLÉMENTS SYMBOLISANT LE CIEL, LA TERRE ET L'HUMANITÉ.
IL FAUT ARRANGER LES FLEURS SELON LEUR FORME SUR UN AXE ÉQUILIBRÉ ENTRE LE HAUT, LE MILIEU ET LE BAS.
CHACUNE D'ELLES JOUE UN RÔLE POUR L'HARMONIE GÉNÉRALE.
TU AIMES BEAUCOUP LES FLEURS, HEIN ?
...

ELLES NE SONT EN FLEURS QU'ICI !
ELLES SONT TELLEMENT BELLES...
C'EST MOI QUI LES AI TROUVÉES.
MAKOTO...
...
...
J'ÉTAIS TELLEMENT CONFIANTE...
VLAM
ÉCHEC
MH ?
TU ES ENCORE LÀ, KUSUNOKI ?
JE PENSAIS DÉCORER LE DORTOIR AVEC LES FLEURS QUI RESTENT POUR NE PAS LES JETER.

...
C'EST VRAI.
...
AH !
HAKUÔ ! TU ES LÀ ?!
Tap
Tap
VIENS VOIR !
REGARDE, C'EST LE PLUS RÉUSSI QUE J'AI FAIT JUSQU'ICI ! TU EN PENSES QUOI ?
MH...
EUH... C'EST VRAI QUE, COMPARÉ À TOUS LES AUTRES, C'EST PEUT-ÊTRE LE PLUS RÉUSSI...
SÉRIEUX ? D'ACCORD ! JE VAIS LE MONTRER AU PROF !
AUJOURD'HUI, J'AURAI SON AVAL !
...
REGARDE !

NON... PAS VRAIMENT...
...
JE NE FAISAIS QUE PASSER.
JE N'AI RIEN DE SPÉCIAL À VOIR AVEC ELLE.
J'AI ENTENDU DIRE QUE TU ÉTAIS ENTRÉE AU CLUB D'IKEBANA ?
JE TE SOUHAITE BONNE CHANCE.
ON DIRAIT QUE TU AS INSPIRÉ HIMURA.
QUOI ?
OH NON...
JE...
C'EST MOI QUI PUISE DE LA FORCE EN ELLE.
ET ELLE M'EN DONNE BEAUCOUP !
MAIS J'IMAGINE QUE TU VOIS PARFAITEMENT...
CE QUE JE VEUX DIRE.

...
GARARAM
TSSS...
GROMF
GROMF
JE CROYAIS QU'ELLE VOULAIT LE FAIRE ELLE-MÊME...
ELLE A DIT QUE C'ÉTAIT POUR ÇA QU'ELLE AVAIT RELEVÉ LES POINTS LES PLUS IMPORTANTS DANS LES LIVRES.
Blah
Blah
Ah
は
EUUH...
Fixe
じー
TU VOULAIS VOIR HIMURA ?

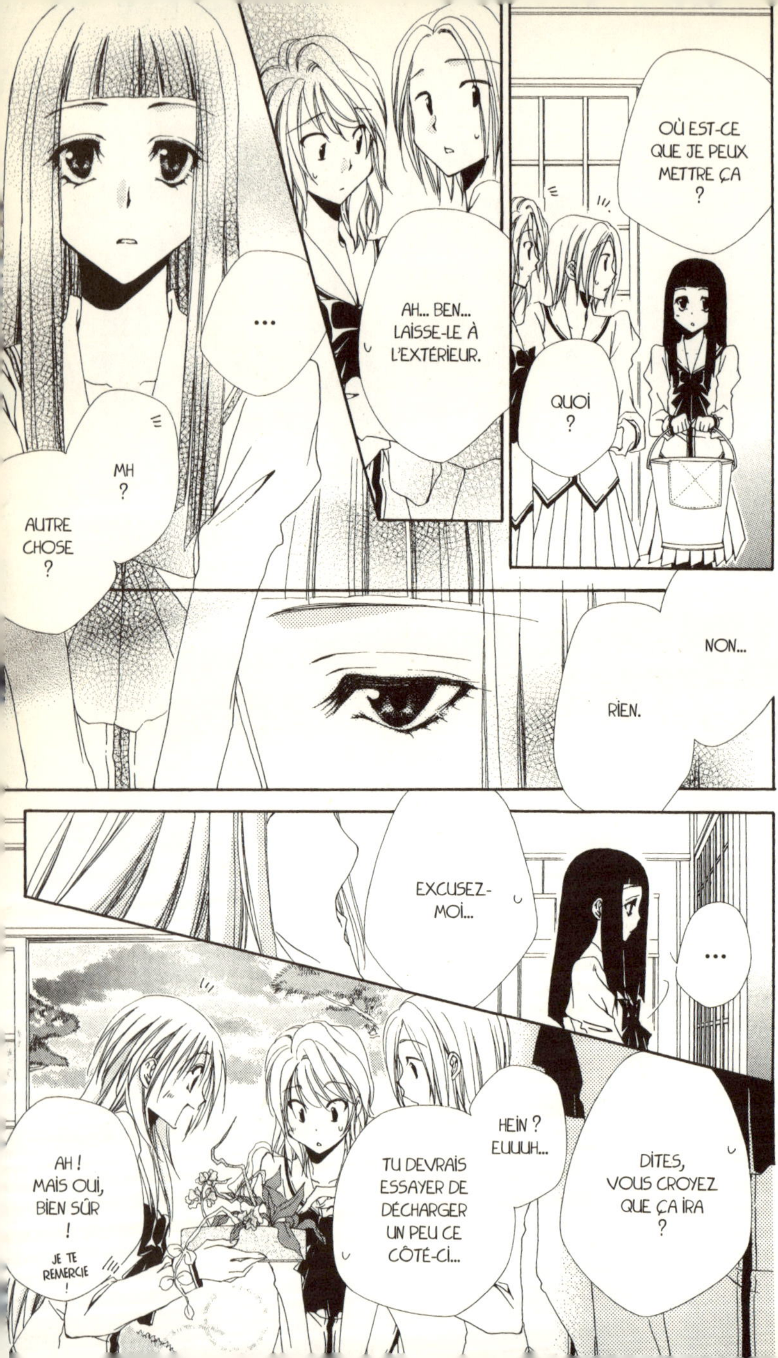
OÙ EST-CE QUE JE PEUX METTRE ÇA ?
QUOI ?
AH... BEN... LAISSE-LE À L'EXTÉRIEUR.
...
MH ?
AUTRE CHOSE ?
NON... RIEN.
...
EXCUSEZ-MOI...
DITES, VOUS CROYEZ QUE ÇA IRA ?
HEIN ? EUUUH...
TU DEVRAIS ESSAYER DE DÉCHARGER UN PEU CE CÔTÉ-CI...
AH ! MAIS OUI, BIEN SÛR !
JE TE REMERCIE !

EUH... HAKUÔ ?
ÊTRE TOUJOURS OBLIGÉE DE FAIRE APPEL À TOI...
JE VEUX AUSSI POUVOIR Y ARRIVER PAR MOI-MÊME.
JE NE VEUX PAS...
AUJOUR-D'HUI, JE VAIS RÉUSSIR MON ÉVALUATION D'IKEBANA.
TU VAS VOIR.
...
...
D'ACCORD.
...

KUSUNOKI...
YOSH !
TADAAM
INTRODUCTION À L'ARRANGEMENT FLORAL
TU AS L'INTENTION DE LIRE TOUT ÇA ?
ÇA FAIT BEAUCOUP !
Tourne
TU AURAIS PEUT-ÊTRE PU CHOISIR CEUX QUI TE SEMBLAIENT INDISPENSABLES.
AAH ! ÇA IRA !
JE VEUX ESSAYER DE M'EN SORTIR SANS TON AIDE !
JE DEVIENS TOUJOURS LE FARDEAU...
DES PERSONNES CHARGÉES DE ME PROTÉGER...
GRO MPF
...
JE SAIS QU'IL VEUT ME SOUTENIR...
MAIS SI JE N'Y ARRIVE PAS PAR MOI-MÊME...

J'AIMERAIS BIEN RETROUVER LES DISCUSSIONS QU'ON AVAIT AUTREFOIS.
...
MAIS VU MON STATUT, AUJOURD'HUI, C'EST IMPOS-SIBLE.
QUOI QUE JE FASSE, JE DEVIENS TOUJOURS LE FARDEAU...
DES PERSONNES QUI ONT TOUTE MA CONFIANCE OU CELLES QUI SONT CHARGÉES DE ME PRO-TÉGER.
C'EST POUR ÇA QUE DANS UN PREMIER TEMPS...
JE VEUX MONTRER CE DONT JE SUIS CAPABLE...
PEUT-ÊTRE QUE PEU À PEU...
SI J'ARRIVE À CHANGER...
...

TU AS TOUT À FAIT RAISON...
ON EST UN PEU COMME DES AMIS D'EN-FANCE.
QUAND ON ÉTAIT PETITS, ON JOUAIT BEAUCOUP ENSEMBLE.
ET PUIS...
LE TEMPS EST VENU OÙ CHACUN A PRIS CONSCIENCE DE SA PLACE...
ET PEU À PEU, UN FOSSÉ S'EST CREUSÉ ENTRE NOUS.
ENSUITE, ON EST ALLÉS DANS DES ÉCOLES DIFFÉRENTES ET ON N'A PLUS TELLEMENT EU L'OCCASION DE SE CROISER.
ET DEPUIS QUE JE SUIS ARRIVÉE ICI...
MASAKI N'EST RIEN D'AUTRE QUE CELUI QUI ME SURVEILLE...
ON A BEAU ÊTRE PRÈS L'UN DE L'AUTRE...
IL NE S'APPROCHE POUR AINSI DIRE JAMAIS DE MOI.

Y A-T-IL AUTRE CHOSE ?
...
NON, C'EST TOUT...
TRÈS BIEN...
ALORS, EXCUSEZ-MOI.
...
EUH...
ÇA ALORS ! TU ES LA SEULE À L'APPELER PAR SON PRÉNOM !
MAIS C'EST LOGIQUE...
PUISQU'IL A TOUJOURS TRAVAILLÉ POUR TA FAMILLE.

!
ATTENDS !
MASAKI !
HEIN ?
Tsap
JE PEUX FAIRE QUELQUE CHOSE POUR VOUS ?
JE N'AI PAS ENCORE EU L'OCCASION...
DE PARLER AVEC TOI DU CLUB D'ARRANGEMENT FLORAL...
MON FRÈRE M'EN A PARLÉ.

TaTaTaTap
HiMURA ?
C'EST BiEN TROP LOURD POUR TOi TOUTE SEULE !
PORTONS-LE TOUTES LES DEUX !
NON...
C'EST MON TRAVAiL.
COMPOSITION DU JOUR
ÉCHEC
Si JE NE LE FAiS PAS SEULE, ÇA N'AURA AUCUN SENS.
C'EST UN CHANGEMENT PLUTÔT POSiTiF...
OH...
EXCUSE-MOi.
ON PEUT PARLER EN CHEMiN Si TU VEUX.
OK.
JE PENSE QUE TU TiENDRAS LE COUP.
OUi...
JE N'Ai PAS ENCORE...

COMMENT TROUVEZ-VOUS CES DESSINS ? (2)

Pour les personnes qui me disent que les visages et les cheveux sont difficiles à dessiner, voici les éléments qui m'ont inspirée pour mes personnages.

RYÔ : UNE TOMATE

Inspiration pour ses mèches.

HAKUÔ : UNE MARIMO

(Algue en forme de boule) J'en avais déjà parlé dans le 1er volume.

IORI : LE WAKAME

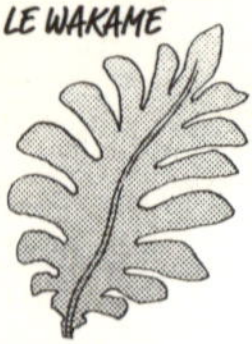

(Algue comestible) Utile pour la forme de ses cheveux, non ?

HAYATO : UN SUSUKI

(Une graminée) Ça fait clairement penser à ses cheveux, vous ne trouvez pas ?

KAORUKO : DES LUNETTES

Marque déposée...

Alors, qu'en pensez-vous ?

POURRAIS-TU APPORTER TOUTES CES FLEURS AU CLUB ?
IL FAUT LES TRIER ET LES PRÉPARER POUR LE COURS.
...
D'ACCORD...
TAP
TAP
...
Fixe
HIMURA !
WAAH ! IL Y EN A TELLEMENT !
EN COURS DE RATTRAPAGE
ZIOUP
ZIOUP
C'EST ÉNORME...
PFFF...
ELLE N'A PAS L'HABITUDE DE FAIRE CE GENRE DE TÂCHES.
TOMB
TOMB
...
AAH...

C'EST UN CHANGEMENT PLUTÔT POSITIF.
ELLE A DÉCIDÉ D'ELLE-MÊME CE QU'ELLE VOULAIT.
OH...
...
HAKUÔ...
LA SOU-TIENT.
OK.
JE VAIS FAIRE PAREIL.
IL FAUT RESPEC-TER...
CE QU'ELLE RESSENT.
FLOP

MH, SI ÇA SE TROUVE, ÇA VIENT D'ELLE...
L'AMBIANCE ÉTAIT UN PEU BIZARRE AU CLUB...
C'EST PARCE QUE LES DÉCISIONS DE LA JEUNE MAKOTO NE PLAISENT PAS À SA FAMILLE.
ILS LA SURVEILLENT AVEC BEAUCOUP DE NERVOSITÉ...
ILS NE VEULENT PAS QU'ELLE SOIT IMPLIQUÉE DANS UN QUELCONQUE DIFFÉREND...
DU MOINS, JE PENSE...
FIXE
SUR-VEILLÉE...
INTRODUCTION À L'IKEBANA
ON NOUS AVAIT PRÉVENUS, MAIS J'ADMETS QU'ELLE EST FAROUCHE ET QU'ELLE A DU MAL À PRENDRE DES INITIATIVES...
JE VOIS...
JE ME DEMANDE SI ELLE S'EN SORTIRA...
JE SAIS QU'ON A DIT BEAUCOUP DE CHOSES SUR ELLE...
MAIS JE CROIS QU'ELLE VEUT VRAIMENT ESSAYER.

...
...
...
EUH...
VU LE NIVEAU, IL LUI FAUDRAIT DES COURS DE RATTRAPAGE QUOTIDIENS...
TU ES DUR, LÀ...
...
DIRE QUE J'AI FAIT TOUT CE QUE J'AI PU...
POURQUOI ÇA FINIT TOUJOURS COMME ÇA ?
Travaillez un peu plus sérieusement !
MAIS C'EST CE QUE JE FAIS ?
RYÔ !
IL PARAÎT QUE KUSUNOKI EST ENTRÉE DANS LE CLUB D'IKEBANA ?
ON NE PARLE QUE DE ÇA DANS L'ÉCOLE, AUJOURD'HUI !
Clap
JE SAIS...
MAIS POURQUOI ÇA FAIT JASER ?
KAORUKO !
PARCE QUE C'EST UNE KUSUNOKI, BIEN SÛR !
VOUS ÊTES AU COURANT ?
ÇA A ÉTÉ PAREIL LORSQU'ELLE EST VENUE LOGER AU PENSIONNAT !

Tsap
KUSU-NOKI !
TU VIENS AU CLUB D'IKEBANA ?
HIMURA...
PSSH
PSSH
JE TROUVE...
QUE ÇA TE CONVIENT PARFAITEMENT !
...
...
...
...
...
BEN, QU'EST-CE QU'ELLES ONT ?
TA
DAAM

Excusez-moi de vous causer tant de souci...
Oh...
Kusunoki ?
Ce n'était pas mon inten-tion !
...
D'accord, alors on pourrait faire une période d'essai...
...
Pendant laquelle tu aurais des tâches subalternes.
Si ça ne te va pas, dis-le, mais...
Non...
Ça ira très bien...
Je vous remercie.
...

J'AVAIS ENCORE LE CŒUR QUI BATTAIT À TOUT ROMPRE...
EST-CE QUE C'EST PARCE QU'ON NE S'EST PAS VUS HIER CAR C'ÉTAIT DIMANCHE ?
MMH...
AAAH, CE SERAIT BIEN SI ON ÉTAIT UN PEU PLUS SOUVENT ENSEMBLE.
QU'EST-CE QU'ON FAIT, CHEF ?
ELLE VEUT ENTRER DANS LE CLUB D'IKEBANA...
MAIS LE PROF NE NOUS A RIEN DIT.
MAIS C'EST POUR ÇA QUE...
S'IL ARRIVE QUOI QUE CE SOIT, ON NE PEUT PAS EN ASSUMER LA RESPON-SABILITÉ.
MH... ?
CE SONT LES FILLES DU CLUB...
QU'EST-CE QUI SE PASSE ?
EUH...
Ah !
J'AI DÉJÀ PRATIQUÉ L'IKEBANA, VOUS SA-VEZ...
DEPUIS QUE JE SUIS PETITE, MÊME...

は
Ah
MH ?
AH...
IL EST ENCORE PLUS PRÈS QUE JE NE LE PEN-SAIS...
Rouge
EUH...
C'EST...
...
QUOI ?
QUELQUE CHOSE NE VA PAS ?
RECULE
MMH ? NON !
IL FAUT JUSTE QUE JE ME DÉPÊCHE D'ALLER EN COURS !
FIUUU !

BEN...
COMMENT TU AS FAIT POUR TE RETROUVER AVEC AUTANT DE TOILES D'ARAIGNÉE DANS LES CHEVEUX ?
C'EST FOU, ÇA !
J'AVAIS OUBLIÉ LE COURS DE RATTRAPAGE D'IKEBANA... DU COUP, J'AI COURU...
HEUREUSEMENT QUE JE M'EN SUIS SOUVENUE SUR LA ROUTE ! JE N'ÉTAIS PAS ENCORE RENTRÉE.
COMMENT TU AS PU OUBLIER ?
CE N'EST PAS SÉRIEUX !
MAIS JE...
PAS SÉRIEUX...
CE N'EST PAS ÇA, MAIS JE NE PEUX PAS LUI DIRE...
JE NE PEUX MÊME PAS VOIR SON VISAGE...
IL EST SI PRÈS DE MOI...
ÇA Y EST, TOUT EST PARTI.
AH !
MERCI !
TSOF

JE LUI AI DIT QUE JE PENSAIS QUE ÇA NE SERVIRAIT À RIEN, MAIS...
MLLE MAKOTO SEMBLE FERME-MENT DÉCIDÉE.
......
ALORS, NOUS VER-RONS BIEN CE QUE ÇA DONNERA...
JUSQUE-LÀ, FAIS-MOI DES RAPPORTS RÉGULIERS DE SA SITUATION.
ET INUTILE D'Y METTRE DU SUPERFLU.
...
... TRÈS BIEN.
TSSS...

...
CE SERA À PARTIR D'AUJOURD'HUI.

Journal de Sendô - Ce qui plaît à Mlle Makoto, 3e partie
MON IDÉE VA PLAIRE À TOUT LE MONDE.
GZZZT GZZZT
NON, C'EST LA MIENNE !
ALBUM PHOTO DU CHAT DE L'ACADÉMIE SÔSEIKAN
...
FIN

Lady and Butler
CHAPITRE 36

WUUUUUU
MMH...
HIMURA...
QU'EST-CE QUI SE PASSE ?
POUR ALLER À LA GARDERIE

CHAPITRE 35 – FIN

AU REVOIR !
TaTap
...
HÉ...
KBOM
BEN ALORS ?
QU'EST-CE QU'ELLE T'A DIT ?
HEIN ?
QUOI ?

AU REVOIR !
AU FAIT, RYÔ...
Tourn
VIENS VOIR
OUI ?
Pssh
HAKUÔ ET TOI...
VOUS IRIEZ VRAIMENT SUPER BIEN ENSEMBLE...
...

PAR-DON, MA PUCE...
NON...
TU ÉTAIS TOUTE SEULE. TU N'AS PAS ÉTÉ TROP TRISTE ?
TOUT LE MONDE A JOUÉ AVEC MOI.
...
REVENEZ JOUER AVEC NOUS, D'AC-CORD ?
REVENIR JOUER ?
AU REVOIR ! ♡
IL N'Y A PAS VRAIMENT DE RAISON, MAIS BON...

...
AAH !
TATAP
MAMAN !
JE SUIS DÉSOLÉE !
MA VOITURE EST TOMBÉE EN PANNE...
TIENS ?
AÏE...
OH LÀ LÀ ! ÇA N'A PAS DÛ ÊTRE FACILE POUR VOUS...

SI, BIEN SÛR...
TIENS, PAPA...
EUH...
BON APPÉTIT...
Tourn
OH !
LA HONTE !
AAAH !
HA HA
HA HA
...
QU'EST-CE QUE TU FAIS ?

J'AVAIS OUBLIÉ...
...
Rouge
LA MAMAN...
ET LE PAPA.
TU CROIS QU'AVEC ÇA, ÇA IRA ?
Fixé
OOH...
J'AI ENCORE LE CŒUR QUI BAT TROP VITE...
MAMAN ?
TU NE SERS PAS PAPA ?
HEIN ?
...

ON A RÉUSSI !
...
MAMAN ?
C'EST L'HEURE DE FAIRE LE REPAS !
...
AH, OUI...
EUH...
LE REPAS...
D... D'AC-CORD...
UN REPAS DE FLEURS !
TIENS, AVEC ÇA...
JE VAIS T'AIDER.
MERCI...
OH !

BEN QUOI ?
TU VEUX PAS ?
HEIN ?! SI, BIEN SÛR, MAIS...
EUUH...
BON, DIS-MOI, GRANDE SŒUR...
ON ESSAIE DE S'AMUSER UN PEU ?
OK...
LE CHIEN PEUT PARTICIPER SI TU VEUX...
WAF WAF...
OH OUI !
IL VA FAIRE UN TRUC TRÈS MIGNON !
AH !
ELLE SOURIT !

TOI, TU JOUES LE GRAND FRÈRE !
QUOI ?
TOI, T'ES LE CHIEN !
ET TOI, LA PETITE SŒUR !
ENSUITE...
TOI, TU FAIS LA MAMAN...
ET TOI, LE PAPA !
QUOI ?
LA MAMAN...
ET LE PAPA ?
...

ON JOUE AU PAPA ET À LA MAMAN...
TOUS ENSEMBLE ?
...
...
MH ?
BEN QUOI ?
TU NE VEUX PAS ?
SI, MAIS...
JE VEUX JOUER LA GRANDE SŒUR !
QUOI ?

Serre
VIENS ICI, TOI !
?
Garaam
BIEN-VENUE À LA MAISON...
MAMAN !

AH, JE SAIS !
KAORUKO !
IORI ! HAYATO !
HAKUÔ !
VENEZ VOIR !
...
COUCOU !

ÇA VA ALLER, NE T'EN FAIS PAS...
MAIS OUI.
Pof
Pof
JE SUIS SÛR QU'ELLE NE VA PAS TARDER.
MMH...
...
KRIIII
QU'EST-CE QUE JE POURRAIS FAIRE...
KRIIII
POUR FAIRE DISPARAÎTRE...
LA TRISTESSE SUR SON VISAGE ?
...

ZIOUP ZIOUP
...
AH !
TaTaTaTap
REVIENS ICI !
TU NE DOIS PAS SORTIR TOUTE SEULE !
JE VEUX VOIR MA MAMAN...
ELLE EST PAS VENUE...
ELLE ARRIVE TOUJOURS ENTRE LE 4 ET LE 5...
AH BON ?
MMH...
PEUT-ÊTRE QUE QUELQUE CHOSE L'A RETARDÉE...
VIENS, ON VA L'ATTENDRE EN S'AMUSANT !
D'ACCORD...

JE ME SENS UN PEU TRISTE.
JE COMPRENDS...
DITES, ET SI ON JOUAIT AU PAPA ET À LA MAMAN EN ATTENDANT QU'ON VIENNE NOUS CHERCHER ?
PFF... C'EST UN TRUC DE FILLES...
MOI, JE VEUX...
AH, MAMAN... !
MAMAN !
MAMAN !
...
MH ?
OOh...
IL NE RESTE PLUS QU'UNE SEULE PETITE FILLE...

...
Soignez-vous bien...
Mlle Emi !
D'accord !
Bye bye, Ryô !
Bye bye !

EN FAIT...
...
JE VOULAIS TE REMERCIER...
D'ÊTRE AVEC MOI, AUJOURD'HUI.

Tsof
J'AIME BIEN QUAND IL ME RA-CONTE UN PEU...
SON ENFANCE...
Frot
Frot
MOI AUSSI...
JE SERAI AUPRÈS DE LUI DANS L'AVENIR.
OH NON !
RIEN...
Ah !
TOUT VA BIEN...
...
OUI ?
...

ET TOI, HAKUÔ ?
MOI ?
A-T-IL AUSSI ÉTÉ TRISTE ?
NON...
JE N'AI JAMAIS ÉTÉ SEUL... J'AVAIS CES DEUX-LÀ.
...
ÉVIDEM-MENT...

Glups
OUIIIN...
MAMAN...
OUPS ! ON L'A RÉVEILLÉ ?
NIAP
NIAP
NON, IL DORT TOUJOURS...
...
CARESS
C'EST SI TRISTE D'ÊTRE SÉPARÉ DE SA MÈRE...
QUAND RIO ÉTAIT PETIT, IL PLEURNICHAIT BEAUCOUP AUSSI.
...
TIENS...
EST-CE QUE PAR HASARD...

MH ?
Rouge
...
...
QUOI ?
WAAH...
SON VISAGE EST SI PRÈS DU MIEN...
RIEN !
...

ENFIN UN PEU DE CALME...
EUH... ET SI ON FAISAIT LA SIESTE, NOUS AUSSI ?
BONNE IDÉE, ON DOIT POUVOIR SE COUCHER À CÔTÉ D'EUX.
SÉRIEUX ?
MH... MH...
ALLEZ-Y !
TRÈS BIEN...
JE VAIS ME METTRE ICI.
ET MOI, LÀ...
C'EST MARRANT DE DORMIR TOUS ENSEMBLE !
Tourne
Ah

C'EST VRAI ?
MMH
QUE CEUX QUI VEULENT MANGER VIEN-NENT PAR ICI !
OUAAIIS !
MANGER !
HAKUÔ...
C'EST TON PETIT COPAIN ?
...
JE SUIS CONTENTE...
REPAS DE MIDI
UN MONSTRE VIENDRA MANGER CEUX QUI NE SE DÉPÊCHENT PAS !

...
DIS... DIS...
MAH ?
MON PETIT COPAIN ?
EUH...
MON PETIT COPAIN...
...
MON PETIT COPAIN ?!
KBOM
WAAAH
COMMENT TU FAIS ÇA ?
HEIN ?!
MAIS POURQUOI TU DIS ÇA ?
BAH, C'EST PAS TON COPAIN ?
...
Pssh
C'EST...
L'IMPRESSION QUE ÇA DONNE ?
NON, MAIS C'EST DOMMAGE...
...
Gloups
VOUS IRIEZ BIEN ENSEMBLE.
Oui...

OK...
MERCI.
...
...
OH...
JE VEUX FAIRE PAREIL !
MOI AUSSI...
BEN ? QU'EST-CE QUE VOUS AVEZ ?
C'EST DÉJÀ FINI, LES BULLES ?
Fuuu
DIS, DIS...
HAKUÔ...
C'EST TON PETIT COPAIN ?

QUAND ON MET DE LA GLYCÉRINE, ON PEUT EN FAIRE DE PLUS GROSSES ENCORE, VOUS AVEZ VU ?
ALLEZ, CELUI QUI FAIT LA PLUS GROSSE GAGNE !
AH LÀ LÀ...
C'EST DU HIMURA TOUT CRACHÉ...
JE ME DEMANDE QUI EST VRAIMENT L'ENFANT DANS L'HISTOIRE !
...
Mh...
WAAH !
UN MINI TOBOGGAN !
C'EST TROP MIMI !
JE VEUX EN FAIRE AUSSI !
HIMURA...
C'EST DANGEREUX, DESCENDS..
AH BON ?

J'AI UNE IDÉE !
MH ?
Fuuuuu
OH !
DES BULLES !
TENEZ !
ON VA EN FAIRE ENSEMBLE !
Oooh
わあっ

OKAY !
QUE TOUT LE MONDE M'ÉCOUTE !
ON VA CHANTER ENSEMBLE !
ON VA BIEN S'AMUSER. ♪
ALLEZ, JOUE AVEC NOUS AUX NINJAS !
QUOI ?
MOI AUSSI, JE VEUX JOUER AVEC TOI !
LES FILLES, ÇA NE JOUE PAS AUX NINJAS !
EH BEN, MOI, JE VEUX !
...
CHTOK
OH LÀ, DU CALME, VOUS DEUX...
LÀ, LÀÀÀ...
OUiiiiiiN
NE VOUS DISPUTEZ PAS.
VOUS ÊTES COPAINS, NON ?

OUIIIIIIN
BEN QUOI ?
QU'EST-CE QU'ON PEUT FAIRE ?
EUH... ÇA ? BLLLBLLLBLLLH !
OUIIIIIIN
VOUS PERMETTEZ QUE J'ESSAIE ?
LÀ, LÀ...
POP
ON N'A PAS SERVI À GRAND-CHOSE.
BAH, DU MOMENT QUE C'EST RÉGLÉ.
COURAGE, TOUT LE MONDE ! ON REVIENT !
OK...
JE VOIS...
ET SI VOUS LES AMUSIEZ UN MOMENT EN CHANTANT DES CHANSONS AVEC EUX ?
SI ÇA PEUT AIDER...
D'ACCORD !

TATA TATAP
À L'ASSAUUUT !
VOUS VENEZ, MLLE ?
IORI, ESPÈCE DE RAT !
ATTENDEZ UNE MINUTE !
CE N'EST PAS MOI, LE VRAI MÉCHANT... C'EST LUI !
....
MÊME QU'IL S'APPELLE...
OUIIIIIIN ! UN MALÉFIQUE SORCIER SOURNOIS !
TATATATAP
À BAS LE MALÉFIQUE SORCIER SOURNOIS !
...
Yahaah Yahaah
...
QU'EST-CE QUE TU ES ALLÉ LEUR RACONTER ?
OUIIIN !
SNIF
À QUOI ILS JOUENT, TOUS LES DEUX ?
...
OUIIIIIIIIIN !

COOL...
IORI ! HAYATO !
ON A DU PAIN SUR LA PLANCHE !
COMPRIS !
C'EST BIEN LES PORTABLES, EN FIN DE COMPTE...
MH ?
FIXE
QUE... ?!
HÉÉ !
TU ME PRÊTES TON MANTEAU ?
DIS, DIS, ON JOUE AUX NINJAS ?
AUX NINJAS ?
C'EST QUOI, CES COSTUMES ?
...
TIRR
HEIN ?
OK, VOUS VOYEZ LÀ-BAS ? C'EST LUI LE MÉCHANT À EXTERMINER.
ooooooooooooooo

Waaaaaah
REGARDE...
TU VOIS CE QUE JE VEUX DIRE ?
...
INKLIIN
JE SUIS VRAIMENT DÉSOLÉE...
POUR LE COUP DE FIL.
POK
NE T'EN FAIS PAS POUR ÇA.
EN FAIT...
JE SUIS CONTENT QUE TU M'AIES APPELÉ.
...

TaTa TaTa TaTap
C'EST HIMURA !
HEIN ?
HAKUÔ !
QUOI ?!
TU NE VOULAIS PAS RACCROCHER, C'ÉTAIT UNE ERREUR ?
Tchip Tchip
EXCUSE-MOI. J'AI APPUYÉ SUR LE BOUTON ET...
ET PUIS...
OK, OK... CE N'EST RIEN...
TOUT VA BIEN, C'EST L'ESSENTIEL.
CECI DIT... POURQUOI TU APPELAIS À L'AIDE ?
POURQUOI VOUS ARRIVEZ APRÈS HAKUÔ ?
EUH, C'EST LUI QUI A REÇU L'APPEL...
ILS L'ONT SUIVI...
BEN... NOUS RISQUONS DE NE PAS Y ARRIVER TOUTES SEULES.

COMMENT TROUVEZ-VOUS CES DESSINS ?

Dans une lettre, quelqu'un me reprochait de dessiner les yeux de manière trop réaliste... Alors, j'ai réfléchi à des versions simplifiées. Les voilà...

RYÔ

HAKUÔ

IORI

HAYATO

KAORUKO

COMMENT ÇA SE FAIT QUE TU LE SACHES, TOI ?
AH, D'ACCORD !
JE COMPRENDS MIEUX POURQUOI IL SE FAIT DU SOUCI !
DEPUIS CE MATIN, IL REGARDE SES APPELS TOUTES LES CINQ MINUTES.
...
TU ES VRAIMENT ULTRA PROTECTEUR.
HAKUÔ...
ÇA SUFFIT !
TILOLOLOLO
Clap
HIMURA XXXXXXXXX
ALLÔ, HIMURA ?
AH LÀ LA...
QU'EST-CE QUI SE PASSE ?

Tsif
ばさっ
CLAP
発信
不在着信 ×月×日 20:37
着信 ×月×日 12:42
着信 ×月×日
発信
機能
着信切替
AAH, LA RÉUNION EST ENFIN FINIE !
ÇA Y EST, ON EST LIBRES POUR LE RESTE DE LA JOURNÉE.
...
PAS D'APPEL...
TU PASSES TON TEMPS LE NEZ SUR TON PORTABLE, HAKUÔ...
ET ALORS ?
AH MAIS OUI !
HIMURA EST SORTIE AVEC ASAMIYA CE MATIN.
Smile
Smile
...

ぐしゃ
SCRIITCH
IL EST BIZARRE, CE DESSIN.
C'EST VRAI.
わー
Waaaah
わー
Waaaah
RYÔÔÔ !
MES LUNETTES !
ZIOUP ZIOUP
COMMENT JE VAIS FAIRE ?
KAORUKO !
POK
Flaash
JE VAIS JOUER DEHORS !
ATTENDS ! TU NE PEUX PAS SORTIR COMME ÇA !
TaTa TaTap
...

MON DOOOS !
CHBOM
ÇA VA ?
NON, PAS TRÈS BIEN...
BON, REPOSEZ-VOUS UN MOMENT...
ET FAITES-NOUS CONFIANCE...
MLLE EMI EST MALADE ?
ELLE S'EST FAIT MAL AU DOS ?
Serre
JE N'AI PAS TANT CONFIANCE EN MOI QUE ÇA...
MAIS ON N'A PAS LE CHOIX !
ALLEZ, TOUT LE MONDE VA DESSINER !
TADAAM

EUH... VOUS VOULEZ DE L'AIDE ?
OH, ÇA DEVRAIT ALLER.
C'EST SAMEDI, IL N'Y A PAS BEAUCOUP D'ENFANTS.
oui...
MADEEE-MOISELLE !
TA DADA
DADADADA
Tchop
BZOOK
...
あ
Ah

ほ‼
Rooof
ろっ
C'EST TOI !
Mm ?
...
QU'EST-CE QU'IL Y A ?
QUELQUE CHOSE NE VA PAS ?
わ——
わ——
Waaaah
...
NON, NON, NE FAITES PAS ÇA, LES ENFANTS !
C'EST CLAIR...
わ——
わ——
Waaaah
どた どた
ばた ばた
TATA TATAP
TATA TATAP
AH... MES COLLÈGUES SONT TOUTES SUBITEMENT TOMBÉES MALADES ET JE ME RETROUVE SEULE POUR TOUT GÉRER.
ELLE EST DÉBORDÉE !
MADEMOI-SEEELLE !

ÇA FAISAIT BATTRE LE CŒUR TRÈS VITE DE VOUS VOIR COMME ÇA...
...
C'EST VRAI...
MOI AUSSI...
J'AVAIS LE CŒUR QUI S'EMBALLAIT...
AAH !
ON Y EST !
Ha Ha
C'EST UNE GARDERIE ?
TA COUSINE TRAVAILLE LÀ ?
OUI...
ELLE EST ÉDUCATRICE DE JEUNES ENFANTS.
JE DOIS LUI LAISSER CECI ET ENSUITE ON POURRA ALLER MANGER UN DE CES FAMEUX GÂTEAUX.
OH ! KAORUKO !
Ha Ha

IL S'EST FAIT DU SOUCI L'AUTRE JOUR AVEC L'ENLÈ-VEMENT...
AAAH !
TU ES DEVENUE TRÈS IMPORTANTE POUR LUI...
QUOI ?
CE QUI S'EST PASSÉ L'AUTRE JOUR À LA SOIRÉE...
REGARDE...
QUAND TU T'ES CASSÉE LE TALON...
...
Rouge

MH...
TU AVAIS QUELQUE CHOSE À FAIRE AVANT, IL ME SEMBLE, NON ?
OUI, JE SUIS DÉSOLÉE DE T'IMPOSER ÇA...
C'EST RIEN.
DE TOUTE FAÇON, IL EST ENCORE UN PEU TÔT POUR MANGER DES GÂTEAUX.
ET PUIS...
QUAND ON AURA FINI, CE SERA JUSTE LA BONNE HEURE.
OH !
TU AS UN POR-TABLE ?
OUI.
HAKUÔ M'A DIT DE TOUJOURS L'EMPORTER QUAND JE SORS DE L'ACADÉMIE.
OK...
S'il y a quoi que ce soit, appelle-moi, et même s'il n'y a rien, d'ailleurs !

KOLL
WAAAH !
C'EST LÀ QU'ON VA ALLER ?
ÇA A L'AIR DÉLICIEUX !
HA HA HA !
JE SUIS HEUREUSE QUE ÇA TE PLAISE.
QU'EST-CE QUE JE VAIS PRENDRE ?!
IL Y A TELLEMENT DE GÂTEAUX DIFFÉRENTS !
Journal de Seudô - Ce qui plaît à Mlle Makoto, 2e partie
KUSUNOKI, TU VAS ALLER À LA SOIRÉE HABILLÉE COMME ÇA ?
...
OK... LES OREILLES DE CHAT...
À SUIVRE

Lady and Butler

CHAPITRE 35

...
ÇA VA ?
...
SERRE
OUI...
PARFAITE-
MENT BIEN...
CHAPITRE 34 - FIN

Rouge
...
DODOM
DODOM
HEIN ?
QUE... ?
EUH...
HAKUÔ ?
TU SAIS...
JE PEUX MARCHER, HEIN... TU PEUX ME REPOSER.
TAIS-TOI, TOUT LE MONDE NOUS REGARDE.
...
DODOM
DODOM
HAKUÔ ?
DODOM

CE QUI EST SUPER...
C'EST TOI.
QUOI ?
PARCE QUE...
TU NE FAIS QUE PENSER AUX AUTRES.
ZOOOf

HAKUÔ...
TU AS ENTENDU ? VOUS AVEZ GAGNÉ !
MH ?
oui...
SERRE
C'EST BON...
JE RECONNAIS QU'ON N'A PAS ASSEZ ASSURÉ.
J'APPROUVE CE RÉSULTAT.
MAIS TÔT OU TARD LES CHOSES S'INVERSE-RONT.
C'EST SUPER, NON ?

NOUS ALLONS MAINTENANT VOUS FAIRE CONNAÎTRE LES RÉSULTATS DU JURY.
LES DEUX ÉCOLES NOUS ONT OFFERT UNE SOIRÉE EXTRAOR-DINAIRE.
SANS TOI, ON N'EN SERAIT PAS LÀ...
J'AI PRIS UN IMMENSE PLAISIR À JOUER LES INVITÉS ICI.
LA COMPÉTITION A ÉTÉ RUDE, MAIS...
LE GAGNANT EST...
L'ACADÉMIE SÔSEIKAN !
Waaaah

ZWIIP
KRAK
AAAAH !
WAA-AAAH !
!
CHBOM
Blah
OH, JE SUIS DÉSOLÉE, HAKUÔ !
Fixe
Fixe
J'AI GÂCHÉ L'AMBIANCE !
NE DIS PAS DE BÊTISES.
...
HIMURA !
AÏE !
Blah
ÇA VA ?

C'EST INJUSTIFIABLE !
C'ÉTAIT TOTALEMENT INUTILE !
DÉSOLÉ...
...
QUAND MÊME, IL FAUT RECONNAÎTRE QU'ILS ONT FRAPPÉ FORT.
RYÔ EST ARRIVÉE JUSTE À TEMPS...
LES SÔSEIKAN, Y COMPRIS LE FILS KANZAWA, NE SE SONT PAS LAISSÉS DÉMONTER PAR CE RETARD...
...
HAKUÔ !
TaTaTap
C'EST GÉNIAL CE QUE VOUS AVEZ...

!
WAAAAH !
JE VOIS...
ILS VOULAIENT ATTENDRE L'HEURE IDÉALE...
LE RÉSULTAT SEMBLE LEUR PLAIRE.
TU PEUX ÊTRE FIER DE TON IDÉE.
VOUS VOULIEZ LEUR METTRE DES BÂTONS DANS LES ROUES ?!

Flaaassh
OH !
Blah
Blah
LES RAYONS DU SOLEIL SE REFLÈTENT SUR L'ARGENTERIE !
C'EST MAGNIFIQUE !

BONNE CHANCE...
HAKUÔ !
...
...
MERCI.
Blah
Blah
NOUS VOUS PRIONS DE NOUS EXCUSER POUR CETTE LONGUE ATTENTE...
VOUS ALLEZ MAINTENANT POUVOIR APPRÉCIER LE PLAT PRINCIPAL DES CLASSES B DE L'ACADÉMIE SÔSEIKAN !
TSSS...
JE N'AI JAMAIS AUTANT ATTENDU.
MH ?

ばたばた
TaTaTaTap
RIEN À FAIRE, ON NE LES TROUVE PAS !
MAIS ON N'A PAS LE CHOIX...
ON NE PEUT PAS FAIRE ATTENDRE LES CLIENTS PLUS LONGTEMPS !
TANT QU'ON NE LES A PAS RETROUVÉES...
HAKUÔ !
AH...
VLAAM
J'AI VOS ASSIETTES !
HIMURA ?!
MAIS COMMENT TU...
ON VERRA ÇA APRÈS !
FAITES VITE !

Tiens...
Reprends-les, Ryô...
Mh ?
Mon frère et moi...
ne tirerions aucune satisfaction à gagner de cette manière...
Je vais te montrer un raccourci pour les cuisines.
Dépêche-toi.
!
MERCI !
Les Keith Wards ont déjà servi leur plat principal.
Les Sôseikan ont pris du retard.
C'est bizarre, non ?
Oui.

...
VITE !
NOTRE PLAT PRINCIPAL EST EN COURS DE SERVICE !
VOUS NE FEREZ PAS ÇA !
DONNEZ-MOI...
CES ASSIETTES !
QUE... ?!
MAIS ENFIN...
ひょい! Tchop
QU'EST-CE QU'ON FAIT ?
RENDEZ-LES, BIEN SÛR !
!

MH ? DES KEITH WARDS...
QU'EST-CE QU'ILS FONT ?
ON NE PEUT PAS SE PERMETTRE DE PERDRE DEVANT TANT DE JOURNALISTES...
ON VA LES CACHER...
SANS CES ASSIETTES POUR LEUR PLAT PRINCIPAL...
C'EN SERA FINI DES SÔSEIKAN.
QUOI ?!
ON NE LES TROUVE NULLE PART...
ZUT...
C'EST BIENTÔT L'HEURE !
VOICI NOTRE PLAT PRINCIPAL... NOUS SOMMES PRÊTS À SERVIR AVANT VOUS, ON DIRAIT...

FAITES VITE !
ON MET DU CŒUR À L'OUVRAGE, D'ACCORD ?!
...
...
...
ILS SONT FANTASTIQUES...
D'UN CÔTÉ, COMME DE L'AUTRE...
PSSH
PSSH
EST-CE QUE ÇA VA ALLER...
POUR HAKUÔ ?
TU CROIS QU'ON PEUT VRAIMENT FAIRE ÇA ?

OOH...
ILS ONT L'AIR D'ÉTINCELER DE FIERTÉ AU MILIEU DE TOUTE CETTE BEAUTÉ. ♡
Kyaah
Kyaah
NOTES DU JURY
COMMENT RÉAGIT LE JURY ?
UN PEU PLUS ENTHOUSIASTE POUR LE CAMP ADVERSE.

Blah
Blah
SOYEZ LES BIENVENUS...
À CETTE SOIRÉE ORGANISÉE CONJOINTEMENT PAR LES ÉLÈVES DE L'ACADÉMIE SÔSEIKAN ET DE L'INSTITUT KEITH WARDS.
Flaaassh
NOUS VOUS ACCUEILLONS TOUS...
Waaaah
AVEC UN GRAND PLAISIR...

CE N'EST PAS PARCE QUE JE ME SUIS FAIT JETER D'UN CÔTÉ QUE JE VAIS M'AVOUER VAINCU DE L'AUTRE.
Blah
Blah
C'EST UNE OCCASION UNIQUE POUR METTRE EN AVANT NOTRE ÉCOLE !
DONNEZ CETTE RÉCEP-TION AVEC SINCÉRITÉ.
NOUS GAGNERONS !
ET N'OUBLIEZ PAS AVANT TOUT CE QUE DOIT ÊTRE LE RÔLE D'UN MA-JORDOME.
Flaash

CE NE SONT PAS LES MOTS D'UN MAJORDOME POUR SA MAÎTRESSE...
...
PARLERAIS-TU À TITRE PRIVÉ ?
OUI.
C'EST EXACTE-MENT ÇA...
...
TRÈS BIEN... JE VAIS ÊTRE FRANC...
AUSSI...
MH...
TU N'AURAS JAMAIS HIMURA.

NOUS SOMMES PRÉOCCUPÉS PAR L'ARBITRAGE.
LE JURY SERA-T-IL IMPARTIAL ?
BIEN ENTENDU.
MAIS SOYONS-LE AUSSI !
MAIS OUI.
AH, AU FAIT, RYÔ M'A DONNÉ SA RÉPONSE IL Y A UN PETIT MOMENT...
TU NE VEUX PAS LA CONNAÎTRE ?
C'EST INUTILE...
...
GRAP
JE SAIS DÉJÀ CE QU'IL Y A À SAVOIR.

C'EST CARRÉMENT DÉMENT !
Blah
OH LÀ LÀ !
OH REGARDE !
QUEL LUXE !
IL Y A DES JOURNA-LISTES ?!
ILS PRO-FITENT DE L'OCCASION POUR FAIRE DE LA PUB À LEUR ÉCOLE.
ON DIRAIT BIEN...
SHOF

À VOIR CE QUE LES ÉLÈVES DE KEITH WARDS...
COMME CEUX DE SÔSEIKAN...
FERONT DE CETTE SOIRÉE !
EUH...
ALORS, JE TE SOUHAITE BONNE CHANCE !
AU REVOIR !
...
TaTap
...
TANT DE VÉHÉMENCE POUR REFUSER...
ELLE TIENT À LUI À CE POINT ?
AU MOINS, C'EST CLAIR...
C'ÉTAIT DONC POUR ÇA...
QUE ÇA M'AMUSAIT TELLEMENT DE LA TAQUINER...
...
À QUOI BON MAINTENANT...

MAIS POUR MOI...
TOUT ÇA N'EST PAS QU'UNE HISTOIRE DE GAGNER OU PERDRE...
JE TIENS JUSTE...
À SOUTENIR LES GENS QUE J'AIME.
JE NE SOUHAITE PAS QU'ILS PERDENT.
JE LES AIME, C'EST TOUT.
JE NE PEUX PAS ACCEPTER CE RENDEZ-VOUS.
C'EST POUR ÇA...
QUE JE NE PEUX PAS RÉPONDRE À TES SENTIMENTS.
JE SUIS DÉSOLÉE !
INKLIIN
DÉSOLÉE PARCE QUE TU M'AS DIT QUE TU M'AIMAIS !
INKLIIN
ARRÊTE...
NE T'EXCUSE PAS AUTANT...
MAIS... EUH...
JE PRENDRAI GRAND PLAISIR...

JE ME DEMANDAIS QUEL GENRE DE ROBE TU PORTERAIS.
ELLE EST SUPERBE, COMME JE M'Y ATTENDAIS.
...
MH ?
RYÔ ?
...
JE SUIS DÉSO-LÉE !
JE...
J'AIME DÉJÀ QUELQU'UN D'AUTRE !
Tsoof
L'AUTRE JOUR...
TU M'AS DIT QUE TU M'AIMAIS...
...
ET PUIS TU AS PARLÉ D'UN RENDEZ-VOUS...
UN RENDEZ-VOUS, C'EST UN RENDEZ-VOUS !

JE SAIS.
Frot
ON VA GAGNER.
MAIS BIENTÔT...
...
J'AURAI TOUT LE TEMPS POUR ÊTRE FRANCHE.
COUCOU ! ÇA FAISAIT UN MOMENT !
JE SUIS CONTENT DE TE VOIR.

IL A RAISON...
JE...
EUH...
TU SAIS, HAKUÔ...
JE NE PEUX PAS EXPRIMER CLAIREMENT...
CE QUE JE RESSENS !
JE T'ASSURE QUE...
QUOI QUE CERTAINS EN DISENT...
JE SOUHAITE QUE TU GAGNES.
EUUH...
C'EST POUR ÇA QUE...
QUE JE...
...

TOUT SE PASSERA BIEN.
Frot
QUE... ?
Tsof
...
ARRÊTE DE TE FAIRE DU SOUCI...
ET PROFITE SIMPLEMENT DE LA FÊTE.
JE COMPRENDS...
VU CE QUI S'EST PASSÉ...
MAIS CE QUI EST VRAIMENT IMPORTANT, C'EST TOI.
...
OUI...

DODOM
J'AI ENCORE UNE FOIS LE CŒUR QUI S'EMBALLE...
EST-CE QU'IL RÉALISE...
L'ÉMOTION QU'IL PROVOQUE EN MOI ?
DODOM
DODOM
COMMENT JE VAIS FAIRE ?
...

MH ?
CETTE ROBE...
TE VA À RAVIR.
JE SUIS CONTENT DE TE VOIR...
J'ESPÉRAIS POUVOIR LE FAIRE AVANT QUE TOUT NE COMMENCE...
...
M...
MERCI...
DODOM
COMMENT FAIRE ?
DIRE QUE JE NE SAIS TOUJOURS PAS QUOI DIRE À KUJÔ !
TIENS...
MH ?
DODOM
JE ME SUIS DIT QUE ÇA T'IRAIT BIEN...
DODOM
TU PERMETS ?
TSOOF

!
HAKUÔ !
À PLUS, RYÔ !
ON PART DEVANT.
HI HI HI
QUE... ?
EUUUH...
EN TÊTE À TÊTE
...
EUH... JE...
AH ! COMMENT JE FAIS ?!
IL EST VENU POUR MOI...
DODOM
TU...

J'AIMERAIS QUE TU ME DONNES TA RÉPONSE AVANT LA SOIRÉE !
...
Serre
QU'EST-CE QUE JE FAIS ?
JE NE SAIS TOUJOURS PAS QUOI LUI DIRE...
JE DOIS Y ALLER...
HIMURA ?
QU'EST-CE QUE TU AS ?
RAAAH !
MOI QUI PENSAIS POUVOIR TOUJOURS COMPTER SUR LUI...
ZIOUP ZIOUP
MAIS NON...
LÀ, C'EST QUELQUE CHOSE QUE JE VAIS DEVOIR RÉGLER SEULE.
RYÔ...
RYÔ !
QUOI ?
REGARDE !

JE SAIS CE QUE JE RESSENS...
MAIS...
ME DÉCIDER...
ALORS QUE JE NE PEUX PAS EN PARLER À HAKUÔ...
RÉPONDRE...
OUI, MAIS RÉPONDRE QUOI ?!
OH, C'EST MAGNIFIQUE !
ON SE CROIRAIT DANS UNE RÉSIDENCE POUR LES HÔTES LES PLUS PRESTIGIEUX !
LES KEITH WARDS Y SONT SANS DOUTE POUR QUELQUE CHOSE.

JE GARDE ENCORE LE SOUVENIR DE CELUI QUI S'EST EMPORTÉ SANS DISCERNEMENT CE FAMEUX JOUR...
TU SAIS PARFAITEMENT QUE TU DOIS GARDER LA TÊTE FROIDE AVANT TOUT...
...
AAAH...
EUH, RYÔ ?
AAH !
TU AS MIS DES CHAUSSURES PARTOUT...
ESSAYAGE DE CHAUSSURES...
QU'EST-CE QUE TU AS ?
QUELQUE CHOSE TE PERTURBE ?
N... NON... ÇA VA...

もんもん…
GROMPF
GROMPF
COMMENT FAIRE ?
JE LE SENS…
ELLE S'INQUIÈTE…
COMMENT A-T-IL OSÉ… ET POURQUOI ?
…
TU ESSUIES LA MÊME ASSIETTE DEPUIS DIX MINUTES.
ES-TU CONTRARIÉ À CE POINT ?
Frot Frot
Oh !
…
J'AIMERAIS QUE TU T'EMPLOIES À MONTRER LE MAXIMUM DE TES CAPACITÉS…
SI TU N'Y METS PAS LE MEILLEUR DE TOI-MÊME, NOTRE VICTOIRE EST COMPROMISE.
…
SENDÔ ?
NE T'Y TROMPE PAS…

Bonjour, c'est Tsuyama !

Merci d'être au rendez-vous pour ce 9e volume !

Dans le milieu des majordomes, on sert souvent le thé mais, moi, je continue à faire partie du clan "café léger".

J'attends de lui qu'il me réveille un peu... Son odeur me détend tellement que j'en bois vraiment beaucoup.

Chaque jour, Hakuô se limite à servir du thé, et moi, à boire du café car sinon, je ne suis bonne à rien. ♥

Fuyu Tsuyama

Je tiens à remercier Emi, une amie éducatrice de jeunes enfants, qui m'a aidée pour le personnage de l'histoire de la garderie.

Fixe
TU T'IN-QUIÈTES POUR CE QUI S'EST PASSÉ HIER ?
Glups
HEIN ?
QUOI ?!
C'EST CETTE HISTOIRE DE RENDEZ-VOUS, C'EST ÇA ?
...
EUH... JE...
JE ME DEMANDE...
...
COMMENT GÉRER ÇA...
ET JE...
QUOI ?
Tourne Tourne
EUH... NON, RIEN...
RIEN DU TOUT !
OH LÀ LÀ !
FAUT QUE JE FILE VITE !
À PLUS !
AH
JE LE SAVAIS...
JE NE PEUX VRAIMENT PAS LUI EN PARLER...

は
AH !
HÉ...
HIMURA ?
HIMURA ?!
ガバッ
GAASP
HEIN ?!
OH, C'EST TOI, HAKUÔ !
QUOI ?!
EUH...
QU'EST-CE QUE TU AS ?
POURQUOI TU ES ASSISE PAR TERRE ?
...
POUR... POUR RIEN...

LA RÉUNION S'EST TERMINÉE QUAND ILS ONT RÉUSSI À SE METTRE D'ACCORD.
OH...
UNE RÉPONSE...
AAAH...
QU'EST-CE QUE JE VAIS FAIRE ?
REFUSER...
REVIENDRAIT À ADMETTRE QUE TON MAJORDOME RISQUE DE PERDRE CE CONCOURS.
C'EST PAS DU TOUT CE QUE JE PENSE !
MAIS...
JE NE PEUX TOUT DE MÊME PAS SORTIR AVEC LUI...
CELUI QUE J'AIME, C'EST...
RAAH...

...
SI ÇA SE TROUVE, ÇA PEUT DEVENIR SÉRIEUX ENTRE NOUS.
TOUT VA DÉPENDRE DE SA RÉPONSE.
JE DOIS...
LUI RÉPONDRE ?
QUOI ?
UNE COMPÉTITION ENTRE KEITH WARDS ET NOS CLASSES B ?
Blah
OUI, UN JURY DE TROIS PERSONNES ÉVALUERA LEUR TRAVAIL.
C'EST CE QU'ILS ONT DÉCIDÉ LORS DE LA RÉUNION D'HIER.
Blah

AH, AU FAIT...
RYÔ...
J'AIMERAIS BIEN QUE TU ME DONNES TA RÉPONSE AVANT LA SOIRÉE.
HEIIIIN ?
MA RÉPONSE...
BON SANG... JE NE TE COMPRENDS PAS...
POURQUOI TU FAIS TOUT ÇA ?
CE N'EST QU'UNE HIMURA, SA FAMILLE EST DÉSARGENTÉE !
COUCOU !
JE N'EN SAIS RIEN...
J'ADORE LA TAQUINER...

"JE T'AIME" ?!
QUOI ?!
TU ES LIBRE DE DIRE OUI OU NON, ÉVIDEMMENT.
MAIS REFUSER REVIENDRAIT À ADMETTRE...
QUE TON MAJORDOME RISQUE DE PERDRE CE CONCOURS...
HEIN ?
ITSURU...
QU'EST-CE QUE TU FABRIQUES ?
ON Y VA.
J'ARRIVE.
QUE... ?

MAIS C'EST ÉVIDENT.
PSSHT
C'EST PARCE QUE...
JE T'AIME, RYÔ...
...
JE N'AI FAIT QUE SAISIR L'OPPORTUNITÉ QUI M'ÉTAIT OFFERTE.
ALORS, TU VEUX BIEN QU'ON SORTE ENSEMBLE ? J'ATTENDS TA RÉPONSE...
QUE... ?
MAIS...
C'EST PARCE QUE JE T'AIME, RYÔ...
Ah
は

DIS DONC !
ATTENDS UNE MINUTE !
TU M'AS MISE TRÈS MAL À L'AISE !
POURQUOI TU AS FAIT ÇA ?
...
QU'EST-CE QUE...
EXPLIQUE-MOI POURQUOI...
Tourne
POURQUOI ?

ÇA SUFFIT COMME ÇA !
C'EST UNE DES RÈGLES À RESPECTER !
Blah
NOUS POUVONS GAGNER SANS CE GENRE DE PROVOCATIONS !
BIEN... TOUT CELA PROMET D'ÊTRE PASSIONNANT.
Lady and Butler
CHAPITRE 34

JE VEUX AVOIR LE DROIT D'INVITER RYÔ À SORTIR.
...
QUOI ?!
BOM
QU'EST-CE QUE ÇA VEUT DIRE ?
ÇA N'A RIEN À VOIR AVEC LA COMPÉTITION !
AH BON ?
JE PENSAIS QUE CE SERAIT PLUS MOTIVANT POUR TOI...
MH, AURAIS-TU PEUR DE PERDRE ?
...
Le journal de Seudô – Ce qui plaît à Mlle Makoto, 1re partie
...
J'AURAI DÛ INTITULER ÇA "CE QUE POSSÉDAIT MLLE MAKOTO"...
VOYONS...
DES HISTOIRES DE CHATS, LES 101 DALMATIENS...
CEUX-LÀ ÉTAIENT À LA BIBLIOTHÈQUE...
À SUIVRE

LES PERTURBATEURS

CHAPITRE 33 - FIN

SI VOUS ÊTES D'ACCORD...
NOUS ORGANISONS UNE SORTE DE COMPÉTITION...
SI ON GAGNE, VOUS NOUS LAISSEREZ APPROCHER LES L COMME ON LE SOUHAITE.
HEIN ?
MAIS...
CE N'EST PAS NÉGOCIABLE !
EN TANT QU'ÉLÈVE DE B, JE NE PEUX PASSER SUR CE QUI VIENT D'ÊTRE DIT...
ALORS, SI NOUS GAGNONS, VOUS VOUS RÉTRACTEREZ ET OBÉIREZ AUX RÈGLES DE NOTRE ACADÉMIE.
SENDÔ...
ET EN CE QUI ME CONCERNE...

...
BIEN...
MONTRONS DONC CE QUE NOUS VALONS...
DISONS...
EN METTANT EN AVANT NOS TALENTS DE MAJORDOMES PENDANT CETTE FAMEUSE SOIRÉE, PAR EXEMPLE...
...
CE SERA PARFAIT.
J'AIMERAIS SAVOIR UNE FOIS POUR TOUTES...
LAQUELLE DE NOS ÉCOLES EST LA MEILLEURE...

ARRÊ-
TEZ...
DE RACONTER N'IMPORTE QUOI !
VOUS NE CONNAIS-SEZ ABSO-LUMENT PAS HAKUÔ !
ALORS, NE SOYEZ PAS AUSSI PARTIAUX DANS VOS JUGEMENTS !
...
...
...
AH !
HIMURA...
JE... JE SUIS DÉSOLÉE, HAKUÔ...
MAIS...

TZOK
がたん
QUE... ?
TU INSINUES...
QUE JE...
FAIRE PARTIE DE LA CLASSE B...
N'EST FINALEMENT...
QU'UN JEU POUR TOI.
VOILÀ CE QUE JE DIS...
SACHE QUE POUR NOUS, TU REPRÉSENTES AVANT TOUTE CHOSE UN PARTI AVANTAGEUX...
ET NON LA PERSONNE QUI JOUE AU MAJORDOME...
...
D'AILLEURS...
QUE DIRAIS-TU DE ME PRENDRE À TES CÔTÉS ?
NE TE FICHE PAS DE MOI !
ÇA SUFFIT !
VLAAF

Blah
NE ME DIS PAS QUE LES B D'ICI NE FONT PAS CE GENRE DE CHOSES ?
Blah
JE NE LE NIE PAS.
MAIS LE FAIRE D'UNE FAÇON AUSSI TRIVIALE N'EST PAS DIGNE DE NOTRE ACADÉMIE.
POURQUOI NE BLÂMES-TU QUE NOUS ?
...
ÇA, C'EST CE QUE TU CROIS...
CEUX QUI SONT HABITUÉS À UN ENVIRONNEMENT PRIVILÉGIÉ ONT TENDANCE À MANQUER DE SÉRIEUX.
DANS CE CAS, À QUOI BON PARLER DU PRINCIPE DE MÉRITE ?
Blah
Blah
SERIEZ-VOUS DONC TOUS SOUS LA "BONNE" INFLUENCE...
DU FILS KANZAWA ?

Smile
Smile
BIEN.
NOUS POUVONS DONC COMMENCER...
GROMPF
...
...
QUE...
QU'EST-CE QUE JE VAIS FAIRE ?
FLASBACK
RIEN... RIEN DU TOUT... PARTONS.
....
JE DOIS AVOIR UN SOURIRE BIZARRE...
MAIS...
N'A PAS DONNÉ SON PANIER...
AVANT DE REFAIRE UNE RAPIDE PRÉSENTATION DE NOS DEUX ÉCOLES...
Pof
J'AI QUELQUE CHOSE À DIRE AUX ÉLÈVES DE KEITH WARDS.
ON M'A RAPPORTÉ QUE VOUS ESSAYIEZ DE VOUS VENDRE AUPRÈS DES ÉLÈVES DES CLASSES L DE NOTRE ACADÉMIE DE MANIÈRE ABUSIVE.
JE VOUS DEMANDE DE CESSER IMMÉDIATEMENT.
QUE... ?

TU SERAIS AMOUREUSE ?
HIMURA ?
...
EUH...
JE NE PEUX PAS LUI DIRE ÇA !
SALLE DE RÉUNION
NOUS ALLONS DÉMARRER CETTE RÉU-NION...
EST-CE QUE TOUT LE MONDE EST LÀ ?

HIMURA ?
Oh
QUE SE PASSE-T-IL ?
TOUT VA BIEN ?
OH ! HAKUÔ ?!
...
QU'EST-CE QU'IL T'A DIT ?
HEIN ?
RIEN... EUH...
...
EST-CE QUE PAR HASARD...

...
カァ
Rouge
EUH...
BEN...
C'EST PAS...
EUH...
EN FAIT...
TFEE...
...
HA HA HA HA HA
AAH !
À CAUSE DE TA RÉACTION !
POUR-QUOI TU RIS ?
ELLE TE RES-SEMBLE TOUT À FAIT !

QUOI ?
C'EST POUR QUI ?
MMH...
C'EST QUELQUE CHOSE QUE TU AS FAIT TOI-MÊME ?
O... OUI...
C'EST JOLI !
HEIN ?
JE ME DEMANDE POUR QUI TU L'AS FAIT...
EUH... BEN...
EST-CE QUE...
PAR HASARD...
TU SERAIS AMOUREUSE ?

POURQUOI ?!
P... POURQUOI ?
MAIS C'EST ÉVIDENT...
PARCE QUE J'AVAIS ENVIE DE TE REVOIR !
...
AH... C'EST GENTIL, MERCI...
EUH...
MH ?
C'EST...
LAISSE-MOI T'ESCORTER JUSQU'À LA SALLE DE RÉUNION.
TU VEUX QUE JE PORTE TON PANIER ?
NON...
JE PEUX LE FAIRE...
OH...
C'EST PRÉCIEUX ? UN CADEAU PEUT-ÊTRE ?

La La La
La La La
OUI...
ÇA FERA PLAISIR À HAKUÔ...
TU AS L'AIR HEUREUSE.
HEIN ?
OÙ VAS-TU ?
JE T'AVAIS DIT QU'ON SE REVER-RAIT...
RYÔ...
AAH !
ZUT... CE N'EST PAS LE MOMENT...
TCHIK
EUH... JE VAIS... À LA RÉU-NION..
JE SUIS L'AGENT DE LIAISON AVEC LES L.
VRAIMENT ?
C'EST GÉNIAL.
JE N'AURAI PAS À TE CHERCHER, ALORS...
ME CHERCHER ?

JE SUIS CONTENTE...
DE TE VOIR.
...
VEUILLEZ M'EXCUSER.
...
IL VA SE RÉGALER AVEC...
LES BONS PETITS GÂTEAUX ...
QUE JE LUI AI APPORTÉS !
TATATAP
TATATAP

ET JE SUIS, MOI AUSSI, AU SERVICE DE CETTE FAMILLE.
SI TU LE PERMETS...
NOUS POURSUIVRONS CETTE DISCUSSION PLUS TARD DANS UN AUTRE ENDROIT.
...
TRÈS BIEN.
À PLUS TARD.
...
MERCI.

JE VOUS DÉMONTRERAI QUE JE PEUX EN TOUT POINT VOUS CONVENIR.
M'EN DONNEREZ-VOUS L'OPPORTUNITÉ ?
...
SI VOUS LE PERMETTEZ...
BIEN ENTENDU...
ON DIRAIT QUE J'ARRIVE À TEMPS...
CELUI QUI EST ACTUELLEMENT EN POSTE AUPRÈS D'ELLE EN TANT QUE MAJORDOME...
EST MON FRÈRE AÎNÉ.
TSOOF

OUI.
J'AIMERAIS PROFITER DE L'OCCASION QUI M'EST OFFERTE...
POUR DEVENIR MAJORDOME DE LA CÉLÈBRE FAMILLE KUSUNOKI.
...
JE NE COMPRENDS PAS BIEN.
VOUS VOULEZ ÊTRE MAJORDOME POUR LES KUSUNOKI...
OU MAJORDOME POUR UNE CÉLÈBRE FAMILLE ?
POUR MA FAMILLE...
IL Y A UNE CHOSE ES-SENTIELLE...
QUE LE MAJOR-DOME NOUS CONVIENNE AU MIEUX...

REVIENS À L'HEURE, OK ?
MAIS OUI !
...
ILS ESSAIENT DE SE PLACER ?
OUI.
ET CE, DEPUIS LA RÉUNION DE PRÉSENTA-TION...

ILS ONT APPROCHÉ UNE BONNE PARTIE DES L...
POUR PROPOSER LEURS SERVICES EN TANT QUE FUTURS MAJORDOMES.
...
ILS SONT MÊME ALLÉS JUSQU'À FORCER UN PEU LA MAIN À CERTAINS ÉLÈVES.
OH !
C'ÉTAIT DONC CE QU'ILS CHERCHAIENT À FAIRE EN VENANT DANS NOTRE ÉCOLE ?!
OUI.
IORI... IL VA FALLOIR AGIR...
COMPRIS.
JE VAIS LE SIGNALER À SENDÔ.
M. KUJÔ, N'EST-CE PAS ?
VOUS SOUHAITIEZ ME PARLER ?

IL PARAÎT QUE LES ÉLÈVES DE KEITH WARDS AGISSENT DE MANIÈRE SUSPECTE.
DU MOINS, C'EST CE QUI SE DIT...
TAP
TAP
ざわ
Blah
MH ?
SI ÇA SE TROUVE, ELLES ATTEN-DAIENT NOTRE VENUE...
ざわ
Blah
JE SUIS CON-TENT...
DE L'ACCUEIL QU'ON NOUS A RÉSERVÉ...
C'EST PLUS FACILE QU'ON NE LE PENSAIT.
ON CONTINUE D'AGIR, PRÉSIDENT ?
OUI.
JE VAIS ALLER TRAINER PAR LÀ, TIENS...

Fixe
...
QU'EST-CE QUE TU DISAIS À PROPOS DES RÉUNIONS ?
GROMPF
C'EST QUI, CE TYPE ?
COMMENT IL EN EST ARRIVÉ LÀ AUSSI VITE ?
GROMPF
ELLE LEUR A INDIQUÉ LEUR CHEMIN, ET APRÈS ?
GROMPF
...
MH ?
PSSH
QU'EST-CE QU'IL A ?
MMH...
PSSH
TU CROIS QUE ÇA A UN LIEN AVEC HIMURA ?
PEUT-ÊTRE BIEN...
HAKUÔ, TU ES AU COURANT ?
DE QUOI ?
DE LA RUMEUR QUI CIRCULE...
POSSIBLE, MAIS IL FAUT QUE JE LUI PARLE D'AUTRE CHOSE...

GROMPF
もん
GROMPF
もん
COMMENT ÇA ?
ILS ONT DIT QUOI DÉJÀ, CE JOUR-LÀ ?
QU'EST-CE QU'ILS ONT BIEN PU RACONTER À HAKUÔ ?
FABRIQUE DES SACHETS POUR LES GÂTEAUX.
...
...
ON VERRA À LA RÉUNION DE DEMAIN.
BON...
MMH...
LES KEITH WARDS S'OC-CUPENT DE LA SALLE...
ET NOUS, DES RÉUNIONS D'INFOR-MATION.
HEIN ?
TU AS VU TOUT CE QU'ON DOIT FAIRE ?!
TOUTES LES TÂCHES INGRATES !
HEIN, HAKUÔ ?

AH...
OUI, JE LES AI CROISÉS QUAND J'AI PRIS LE RAC-COURCI.
Euh...
...
P... POURQUOI ?
ILS ONT DIT QUELQUE CHOSE ?
"QUELQUE CHOSE" ?
Elle est mignonne...
Tout à fait à mon goût !
...
NON...
RIEN DU TOUT...
MH ?
...
IL A DIT "RIEN DU TOUT"...

C'EST BIEN CE QUE JE VOULAIS...
MAIS JE SUIS CONTENTE...
QUE HAKUÔ LE DISE AUSSI.
AH, AU FAIT...
TU AVAIS UNE RÉUNION, HIER !
C'ÉTAIT COMMENT ?
HEIN ?
...
MH... ON N'A FAIT QUE DE RAPIDES PRÉSENTA-TIONS.
AH, JE VOIS.
DIS-MOI PLUTÔT...
TU CONNAIS-SAIS DÉJÀ...
LES FRÈRES KUJÔ ?
FIXE
QUOI ?!

...
OUI. LES ÉLÈVES DES CLASSES L NE SERONT QUE DES "CLIENTS".
ALORS, JE ME SUIS DIS QUE JE POUVAIS PARTICIPER AUTREMENT À CETTE SOIRÉE.
MH ?
TU ES SÛRE QUE ÇA IRA ?
TU AURAS DÉJÀ TEL-LEMENT DE CHOSES À FAIRE...
POUR TA ROBE ET TOUT ÇA...
C'EST VRAI, ÇA. EST-CE QUE JE VAIS Y ARRIVER ?
EUH...
BAH, APRÈS TOUT...
MOI, ÇA ME VA...
ON POURRA PASSER UN PEU PLUS DE TEMPS ENSEMBLE.
...
À VRAI DIRE...

SA MISSION SERA SIMPLE...
ET L'AMÈNERA À TRAVAILLER AVEC LES CLASSES B ET À ASSISTER AUX RÉUNIONS DE PRÉPA-RATION.
TILT
EST-CE QUE ÇA INTÉRESSE QUELQU'UN ?
CHTONK
OUI !
MOI, MOI, MOI !
JE VEUX LE FAIRE !
AGENT DE LIAISON ?

HAKUÔ VA ENCORE ÊTRE DÉBORDÉ...
ET ON VA PASSER MOINS DE TEMPS ENSEMBLE...
PFFFF
AAAH...
OOH...
HIMURA N'A PAS LA PÊCHE...
RYÔ ? ÇA VA ?
VLAM
LE COURS VA COMMENCER...
VEUILLEZ VOUS ASSEOIR.
AH... À TOUT À L'HEURE !
TAP
TAP
NON, NON ET NON !
PAS QUESTION DE DÉPRIMER COMME ÇA ET DE L'INQUIÉTER DAVANTAGE.
TROUVONS PLUTÔT LE MOYEN DE LE SOUTENIR.
YOSH !
VOUS ÊTES TOUS AU COURANT DE LA SOIRÉE QUI VA AVOIR LIEU...
ILS ONT BESOIN D'UN AGENT DE LIAISON AVEC LES CLASSES L.
MH ?

...
ALORS ?
VOUS AVEZ CHOISI VOS ROBES, LES FILLES ?
Blah
QU'EST-CE QUE JE POURRAIS METTRE ?
Blah
ぼー
Booooh
...
ET TOI, RYÔ ? TU VEUX QUE JE T'AIDE À CHOISIR ?
UNE SOIRÉE...

MH ? C'EST INATTENDU, ILS ONT L'AIR DE S'ENTENDRE..
OUI, TANT MIEUX...
Smile
C'EST ASSEZ EXTRAORDINAIRE.
...
Tsof
D'AILLEURS...
JE TROUVE TA MAÎTRESSE, RYÔ HIMURA...
TRÈS MIGNONNE !
TOUT À FAIT À MON GOÛT !

CURIEUX...
ÇA COM-MENCE...
OH !
LES MEMBRES EXÉCUTIFS VONT SE CONCERTER.
NOUS SUIVONS LE MÊME GENRE DE FORMATION QUE LES CLASSES B...
NOUS GAGNERONS BEAUCOUP À APPROFONDIR NOS LIENS.
JE SUIS D'ACCORD.
UNISSONS NOS EFFORTS POUR QUE CETTE SOIRÉE SOIT COURONNÉE DE SUCCÈS.
C'EST UN HONNEUR DE TE RENCONTRER...
HAKUO KANZAWA.
AVOIR DES NOTES AUSSI EXCELLENTES EN ÉTANT ATTITRÉ À QUELQU'UN...

Blah
Blah
SUPER...
VOUS AVEZ ENTENDU ÇA ?
UNE SOIRÉE POUR TISSER DES RELATIONS AMICALES ?
ÇA VA ÊTRE GÉNIAL !
UNE SOIRÉE POUR TISSER DES RELATIONS AMICALES ?
QUAND MÊME...
Fritch
Fritch
QUEL GENRE DE VENT SOUFFLE SUR NOTRE ÉCOLE ?
LES CLASSES B DE SÔSEIKAN ET LES ÉLÈVES DE KEITH WARDS ONT TOUJOURS ÉTÉ COMME CHIENS ET CHATS...
ET CE SONT EUX QUI ENTRETIENNENT CETTE RIVALITÉ...
JE N'ARRIVE PAS À CROIRE À CETTE HISTOIRE DE "LIENS"...

Tchof
ATTENDS UN PEU, UNE ÉCOLE DE MAJOR-DOMES ?
À PART LA NÔTRE, IL Y EN A D'AUTRES ?
ÉVIDEMMENT !
LA TRADITIONNELLE ACADÉMIE SÔSEIKAN...
ET NOTRE INSTITUT, DONT LE SIÈGE EST EN ANGLETERRE, SONT ASSEZ PROCHES.
MAIS NOUS N'AVIONS PAS EU L'OCCASION DE FAIRE DES ÉCHANGES JUSQU'À PRÉSENT.
AUJOURD'HUI, NOUS SOUHAITONS UNIR LES ESPOIRS DE NOS ÉCOLES...
ET NOUS AVONS DÉCIDÉ D'ORGANISER UNE SOIRÉE AVEC LES CLASSES B AFIN DE TISSER DES RELATIONS AMICALES.
Soff
NOUS ESPÉRONS QUE CELA CONTRIBUERA À NOTRE RAPPROCHEMENT...
ET NOUS ATTENDONS CELA AVEC IMPATIENCE.

AH ! C'EST EUX !
QUE FONT LES ÉLÈVES DE KEITH WARDS À SÔSEIKAN ? ♡
WIIRK
HEIN ? TU LES CONNAIS, KAORUKO ?
J'EN AI DÉJÀ RENCONTRÉ DEUX...
LE RESPONSABLE ET CELUI DE GAUCHE.
AH OUI... CE SONT LES FRÈRES KUJÔ.
KÔICHIRÔ, L'AÎNÉ, EST EN 3e ANNÉE...
IL EST RESPONSABLE DE LA DÉLÉGATION MAIS AUSSI DE PLUSIEURS CLUBS DE LEUR ÉCOLE.
ITSURU, SON JEUNE FRÈRE, EST EN 2e ANNÉE...
C'EST LE DÉLÉGUÉ DES ÉLÈVES DE KEITH WARDS.
TU ES TRÈS AU COURANT, KAORUKO...
BAH, JUSQU'À UN CERTAIN POINT...
MÊME QUAND ÇA NE CONCERNE PAS NOTRE ÉCOLE...
WAOUH...

POUR COMMENCER CETTE JOURNÉE, NOUS AVONS UNE ANNONCE SPÉCIALE À FAIRE...
SUPER ! J'AI HÂTE DE SAVOIR ! ♡
MH ?
JE VOUS PRÉSENTE...
LES ÉLÈVES DE LA DÉLÉGATION DE L'INSTITUT DE FORMATION DE MAJORDOMES KEITH WARDS.
TADAAAM
BONJOUR À TOUS LES ÉLÈVES DE L'ACADÉMIE SÔSEIKAN...
JE SUIS KÔICHIRÔ KUJÔ, LE RESPONSABLE DES ÉLÈVES DE L'INSTITUT KEITH WARDS ICI PRÉSENTS.

LE 9E VOLUME !

Bonjour !
c'est Rei Izawa !

Vous avez entre les mains le 9e volume de Lady and Butler !

Comme je suis un rythme mensuel de publication (même s'il m'arrive de prendre des petites vacances), l'organisation de ma vie personnelle en dépend.

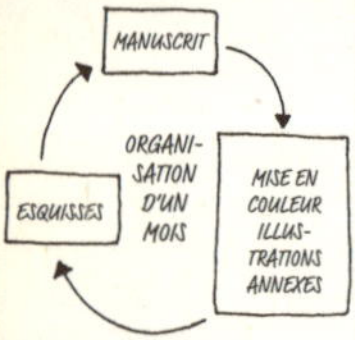

Ainsi, le temps passe très vite et quand le manga sort, je me dis généralement : "Waouh ! Déjà le volume suivant ?! Je n'ai pas vu le temps passer !"

Dans vos lettres, certains d'entre vous disent qu'ils attendent avec impatience le volume suivant, je les en remercie !

"Ne vous laissez pas dépasser par le temps ! Gardez les pieds sur terre ! Faites-nous encore rire !"
Ça aussi, ce sont des choses que l'on me dit aussi et croyez-moi, je m'y attelle !

HOBBY RÉCENT

Tourne Tourne
ILS DOIVENT AVOIR UNE ANNONCE SPÉCIALE À NOUS FAIRE.
DU MOINS, JE PENSE. JE SENS QUE ÇA VA ÊTRE BIEN !
...
EUH...
OKAY...
Tourne
OÙ EST PASSÉ HAKUÔ ?
MH ?
IL NE DOIT PAS ÊTRE LOIN...
CHBOM
OUPS !
Frot
ÇA... ÇA VA, RYÔ ?
HUH... OUI, ÇA VA.
HA HA HA !
HIMURA ?

MAIS OUI, JE SAIS...
FAIS-MOI CONFIANCE...
GRAND FRÈRE...
MMH... DANS CE CAS, CHOISIS-EN UNE DE BONNE FAMILLE...
COMME LA FILLE KUSUNOKI, PAR EXEMPLE.
SEULEMENT, CE GENRE DE FILLES NE M'INTÉRESSE PAS.
POF
...
IL Y A UN RASSEMBLEMENT EXCEPTIONNEL ?
QUELLE PEUT BIEN EN ÊTRE LA RAISON ?

CE N'EST PAS GRAND-CHOSE...
BON, ALLONS-Y.
IL N'EST PAS ENCORE TROP TARD POUR L'HEURE DU THÉ.
D'ACCORD.
MAIS ÇA ME REND HEUREUSE...
ELLE NE T'A PAS FAIT PENSER À CENDRILLON ?
AH... ?
TU TROUVES ?
TU N'AS RIEN REMARQUÉ ?
C'EST DE PLUS EN PLUS INTÉRESSANT...
TU VAS RECOMMENCER ?
BAH, J'AIME BIEN LES FILLES PAS CONVENTIONNELLES...
ET SI, EN PLUS, ELLES SONT MIGNONNES...

Frot
Frot
MH ?
HEIN ?
TU AS ENCORE LES MAINS TOUTES SÈCHES.
JE T'AVAIS POURTANT DIT DE TE PASSER DE LA CRÈME.
...
J'AI LE CŒUR QUI S'EMBALLE...

Fritch
Fritch
BIENTÔT ?
MH... C'ÉTAIT QUI, CES DEUX-LÀ ?
OH
HIMURA ?
QU'EST-CE QUE TU FAIS ICI ?
HAKUÔ ?
EUH... J'AI VOULU PRENDRE UN RACCOURCI ET...
UN RACCOURCI ?
JE TE CHERCHAIS PARCE QUE TU ES EN RETARD...
VIENS.
OK...

ON Y VA ?
OUI.
MERCI BEAUCOUP.
C'EST GENTIL.
EUH... DE RIEN...
ON SE REVERRA BIENTÔT !
RYÔ...
...

"DIFFÉ-RENTES" ? EUH, JE SUIS PEUT-ÊTRE LA SEULE À ÊTRE COMME ÇA...
ET EN CE QUI ME CONCERNE, JE NE ME QUALIFIERAIS PAS DE "DEMOISELLE"...
VRAIMENT ? COMMENT T'APPELLES-TU ?
RYÔ HIMURA.
ENCHANTÉE !
...
FIXE
RYÔ ?
OUI...
PEUX-TU NOUS DIRE OÙ SE TROUVE L'ENTRÉE PRINCIPALE ?
EUH... PAR LÀ...

PFIOUUU !
Fritch
ÇA Y EST...
J'AI TROUVÉ UN PAS-SAGE !
LA PROCHAINE FOIS, JE POURRAI REPASSER PAR LÀ.
Ah
...
TIENS ?
...
OH ! EXCUSEZ-MOI. VOUS M'AVEZ SURPRISE !
JE NE PENSAIS VRAIMENT PAS TOMBER SUR QUELQU'UN ICI...
PARDON... ? HEU...
Ha Ha Ha !
INTÉRESSANT...
QUOI ?
VOILÀ DONC À QUOI RESSEMBLENT LES DEMOI-SELLES DE SÔSEIKAN...
ELLES SONT BIEN DIFFÉRENTES DE CE QUE J'AVAIS IMAGINÉ.

ON EST PERDUS.
PFFF... FORCÉMENT, TU NOUS FAIS ERRER UN PEU PARTOUT DEPUIS TOUT À L'HEURE...
Fritch
Fritch
DIRE QU'ON EST VENUS ICI EXPRÈS...
JE PENSAIS QU'ON S'ÉCLATE-RAIT DANS UNE ÉCOLE AUSSI CÉLÈBRE !
C'EST TELLEMENT IMMENSE...
ON N'A CROISÉ PERSONNE À QUI DEMANDER NOTRE CHEMIN DEPUIS UN BON MOMENT.
C'EST UN BADGE POUR L'ÉCOLE ?
ÇA ?
EUH... JE ME DEMANDE CE QUE ÇA REPRÉSENTE...

Lady and Butler
CHAPITRE 33

SOMMAIRE

En 3e année de classe B. Sa famille travaillait pour les Kanzawa et il est au service de Hakuô depuis l'enfance. C'est un tendre qui a néanmoins un côté sombre.

En 3e année de classe B. Comme Iori, dont il est un peu le rival, il est au service de Hakuô depuis sa prime jeunesse et ne vit que pour lui. C'est un garçon passionné qui adore la compétition.

En 2e année de classe L avec Ryô dont elle est l'amie. Elle connaît tout sur les majordomes... Elle a créé le magazine "Kuro Tsubame" qui répertorie les informations qu'elle glane au quotidien sur eux.

En 2e année de classe B. Il est surnommé le majordome-cyborg. Il dirige l'association autogérée des classes B avec beaucoup d'assurance. Il est comme chien et chat avec Hakuô.

Résumé Ryô a perdu ses parents et a été recueillie par ses grands-parents. Ils l'ont envoyée faire ses études dans la très sélecte académie Sôseikan. Dès son arrivée, elle se lie d'amitié avec Hakuô Kanzawa, le fils d'une richissime famille, qui a intégré volontairement la classe des majordomes pour montrer ses capacités réelles sans avoir recours aux privilèges dont il aurait pu bénéficier. Pour aider Ryô, engagée dans un défi stupide avec une autre élève, il s'engage à devenir son majordome attitré. Peu habituée à être traitée comme une princesse, Ryô comprend qu'elle n'a pas le choix et qu'elle doit suivre les directives de Hakuô pour devenir une "lady". Préparation d'un examen de remise à niveau, leçons de valse... ♥
Que lui réserve la suite de cet apprentissage difficile ?

Lady and Butler

L'histoire

Les personnages

Rappel

À l'académie Sôseikan où est inscrite Ryô, il y a deux cursus différents : la classe L (pour les "Lords" et les "Ladies") et la classe B (pour "Butler", autrement dit, la classe des majordomes).
Les classes B sont exclusivement composées de garçons et il n'y a qu'une seule classe B par année scolaire. Elle accueille l'élite des élèves, selon un principe de mérite. Un élève de la classe B peut être lié à un élève de la classe L, durant le temps de la scolarité, s'il a passé avec lui un contrat de majordome attitré... ♥

VOLUME 9

Lady and Butler

REI IZAWA

D'après une idée de FUYU TSUYAMA

C'EST ICI QUE TOUT COMMENCE

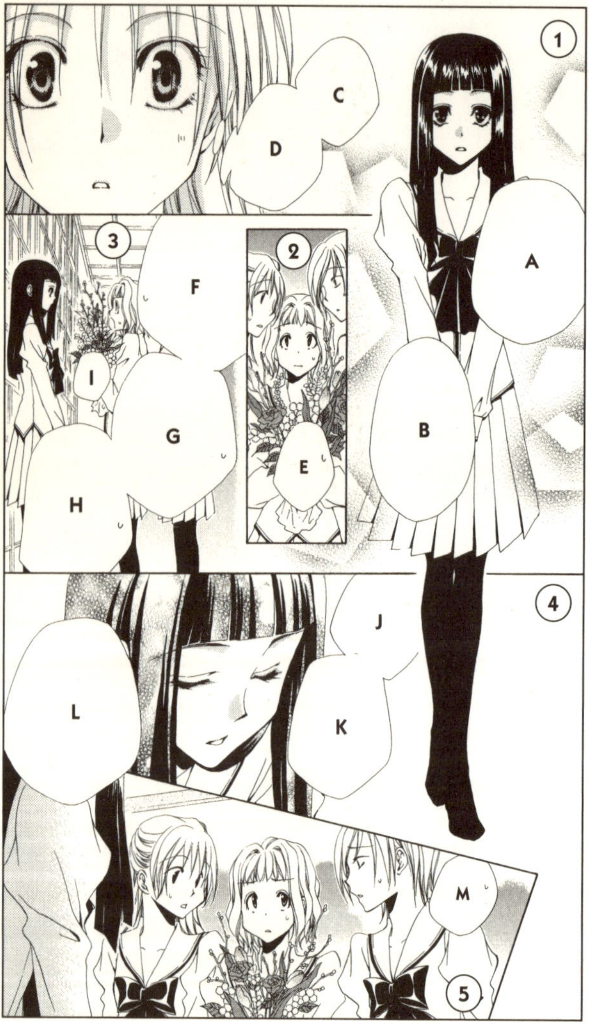

Il faut lire les cases dans l'ordre des chiffres indiqués et, à l'intérieur de chaque case, suivre l'ordre alphabétique. Bonne lecture.